動物記 ❸ 獵物的生活

歐尼斯特・湯普森・塞頓 ◎ 著
(*Ernest Thompson Seton*)
李雪泓 ◎ 譯

晨星出版

【推薦序】

慈悲與純眞

自然作家　王家祥

達賴喇嘛說：「我眞正相信的是，慈悲心是人類存活的基礎，也是生命的眞正價值所在。」

夏都許是一種比帕許米諾更高級且昂貴的羊毛絲巾，產地來自印、巴邊界的喀什米爾，它是以西藏野生藏羚羊的羊毛製成，而且專挑公羊喉嚨上的那一小撮珍稀軟毛，我在尼泊爾的加德滿都街頭上，印度羊毛商人的店裏看過精美昂貴的各式帕許米諾與夏都許，既使只是帕許米諾羊毛巾，在當地售價一條一般都要一百塊至三百塊美金，本地人根本買不起，主要是賣給歐美日的觀光客，如果輾轉運到臺灣的百貨公司，最起碼動輒得花上萬塊臺幣，夏都許我連問都不敢問價錢，因爲購買它是違法且不道德的。

獵人通常以遠距離射殺藏羚羊，雖然可憐的公羊首當其衝成爲獵殺目標，可是獵人根本無法從遠距離判斷目標是公羊還是母羊，因此爲了取得那一小撮毛，時常造成無謂的濫殺，野生藏羚羊的族群數目已經到了瀕臨絕種的地步，由於夏都許的羊毛非常柔軟，質地輕又保暖，在市面上的售價非常昂貴，時常被有錢人拿來炫耀，香港的許多藝人都曾經是夏都許的大買主，後來明的買賣不成，轉而成爲黑市交易，不過在國際輿論壓力下，不再有人拿出來公開炫耀，夏都許已經由國際野生動物保護組織爭取到各國政府海關禁止貿易進口，香港人的有錢行爲還曾經被環保團體拿來做爲笑柄和負面教材。

觀光客從原產地攜帶夏都許進入國境也是違法的，不過帕許米諾和夏都許之間的些微差別，海關人員很難察覺，大多數都被當成帕許米諾了。

其實要擁有這種精緻的純手工編織物，帕許米諾也就足夠了，它不血腥，是由放牧的羊毛製成。因此我非常喜歡「克拉格　庫特耐的公羊」這篇動物小說，塞頓的文字和插圖，曠野的氛圍很強，非常具有臨場感，紮實的田野經驗，讓他的寫景細膩逼眞又有劇情張力。

在臺灣，人類試著以動物們的立場或角度發聲，悲天憫物的文章或影像眞的很少！

臺灣近年來由二魚文化出版，動物保護人士黃宗慧教授編選了「臺灣動物小說選」一書，在主流消費文化當道之中，算是很稀罕的作爲，可見還是有臺灣作家關心這個議題，不過保護動物的文化，整體來說眞的很薄弱。

臺灣人的生活方式，與曠野、大自然是很疏離的，臺灣人看待山林的角度是把它視爲財貨，極盡所能地想獲取最大的利益，因爲不了解自然，所以沒有敬重自然的文化，近年來破壞生態的結果，所謂大自然的反撲，也讓社會付出了相當大的代價。

從閱讀有關塞頓小傳的初淺了解，本書作者塞頓是一個生在十九世紀的野生動物插畫家和博物學家，也是一位出神入化的說故事高手，住在加拿大的安大略湖畔，在多倫多接受教育成爲自然學家，曾經發起「森林知識運動」，他說的都是有關荒野的靈魂，印第安土著部落文化的探險和野生動物們的故事，也曾經幫美國紐約的自然歷史博物館繪製了一百幅的哺乳類動物的寫實畫作。

我相信，安逸的都市生活容易讓人的靈魂困頓疲勞，在荒野中冒險犯難，可以尋求靈魂上的滋養，強壯自己，擺脫蒼白與貧乏，即使無法時常到荒野去，塞頓說的、具有寓言成份的故事，也可以立刻帶領我們到曠野去，面對惡劣的暴風雪，挑戰艱辛的生存環境，躲避強大的獵食者，拓展視野，激發鬥志，欣賞敬重這個萬有世界。

「爲什麼山雀每年都會瘋狂一次」就是一篇頗富寓言性的短篇故事，劇情圍繞在天氣上，暴風雪讓山雀們很困擾，可是沒有一隻山雀在暴風雪讓牠們吃足苦頭之前就有先見之明，去打聽清楚溫暖的墨西哥灣在哪裏？等到暴風雪教訓了山雀，牠們便瘋狂找起了墨西哥灣，可是事先給牠們忠告，而且告訴牠們墨西哥灣在哪裏的朋友，早已離開了！

據我所知，美國像這樣關於研究植物、鳥類、昆蟲，甚至更細分的蜘蛛、蝴蝶、蜻蜓、甲蟲，還有野生動物的文化組織很多，養成專門畫或紀錄某一類的畫家和定期發表的專業期刊，歷史悠久，水準很高，譬如知名的奧都邦協會的各類出版與活動，我稱這樣的文化叫「自然文化」。

讀塞頓所寫的故事，讓我想起小時候，華德迪士尼所拍的、以動物爲主角的電影，常常在電視上播放，有時候主角是一隻印第安花野馬，一隻德國牧羊犬，一隻城市流浪貓，一頭黃石公園的小黑熊，一匹阿拉斯加曠野灰狼，甚至像塞頓的小說中，一隻名叫小野馬的長腿野兔，寫得活靈活現，總之迪士尼動物電影的劇情元素，塞頓的故事都具備了！而且更加細膩精彩，我懷念那個時代動物電影的慈悲與純眞，總括一句就是愛，身爲東方人，很難想像美國人怎麼那麼喜愛動物？那麼純眞可愛？有時候還會覺得他們有點蠢！也許蘇格蘭裔的塞頓，是那批英國移民中的美國荒野文化開創者，迪士尼動物電影的祖師爺。

「水鴨媽媽和孩子們的陸地遷徙之旅」簡直就是迪士尼動物電影的小說版，劇情很簡單，卻是溫馨而感人，一隻母綠頭鴨和牠剛孵出的十隻小綠頭鴨，面臨著本來所住的池塘乾枯縮小的問題，必須遷移至另外的池塘，儘管這中間只有一百碼的距離，但對於剛出生的小水鴨卻是嚴酷的生存考驗。

「叮噹—一隻忠實小狗的成長經歷」則令人心疼地講一隻忠心卻天眞的小狗，如何對抗一隻郊狼，保護主人的家（不過是一處帳蓬），自己卻餓肚子而不敢吃主人藏在家裏的燻肉，粗心的主人也沒留下任何食物，就出門去享樂了好幾天，讀來眞是可愛，令人打從心裡喜歡。

「小熊喬尼」的主角喬尼小熊最後死了！塞頓把黑熊的生態寫得很眞實，還有逗趣的卡通手法，母黑熊竟然被一隻人類養的貓整得慘兮兮，把黃石公園中人類與黑熊的衝突與互動寫得很細膩，雖然沒有控訴，但小熊爲何會在人類的餵養之下，反而死了呢？

塞頓的故事讓我想起一位純眞而具有慈悲心的朋友品穎，她在臺灣社會也是異類，身爲女性卻不太愛打扮，對保護流浪貓狗很有想法，戴一副厚框眼鏡，隨時以笑臉迎人、親切打招呼。台大經濟系畢業，大學時代便投入流浪貓狗的關懷運動，是個在路上看見被車撞得稀爛的流浪動物屍體，便會把牠撿拾埋葬的勇敢又慈悲的女孩，這種慈悲可不容易做到，她說有一次在每天上班往返的高速公路上看見一隻被撞死的狗，因爲高速公路太危險，逼得她無法下車去撿拾，就這樣難過地每天往返上班，看著那狗屍體被來往汽車逐漸壓成一片緊貼在地面上的皮乾，然後被當成垃圾收走。

她語帶專業又柔軟的口吻說：「那屍體不應該被這樣對待，牠不是垃圾，牠應該被埋葬或火化。」

我在她的身上感受到慈悲的自然流露，微微刺痛我的心，一般人是怎麼也不會理直氣壯、直接行動去收拾一隻在路上被壓得血肉模糊的狗屍體，而且有那麼堅定的信仰。我很容易爲自己找藉口，況且有太多不得已的理由，當我在街上撞見一隻狗的屍體時，只是內心很不忍、很難受，但我卻略過它、逃避它。慈悲是需要練習的。

品穎原本住在家裏，有一次母親實在受不了她把上班之外的所有的時間都花在流浪貓狗身上，說了一句「妳搬出去！」的氣話。一個禮拜之後，陳品穎便搬出去了。

為了收容更多的流浪動物，她在比較鄉下的內壢租了一棟透天的房子，也只能在附近工廠找個會計工作，薪水幾乎都花在房租上，自己只好省吃儉用。說起這段回憶時，陳品穎的眼框泛紅，卻滿是欣慰的淚水，她說她為了自己的志業，最覺得抱歉的就是有違父母的期待，工作事業上至今還一事無成。

但是，誰都曉得這是最不平凡的志業。

致讀者朋友

為了將這本新版的動物故事呈現給大家，我在某些地方多多少少地重複的介紹了一些關於「動物記1我眼中的野生動物」的內容。

在前幾本書中，我都曾經盡力的描述從這些動物身上可以發現的，許多值得我們尊重的優秀品德，並試圖強調人類與這些動物的親密關係。

我所描寫的這些動物都代表著某種優良的品德：羅布象徵著高尚和永恆的愛；賓格象徵著忠誠；母狐狸溫可心象徵著母愛；麥斯塔代表著對自由的熱愛。在這本書中，我也組織安排了幾個表現莊嚴、優雅以及智慧力量的代表，牠們能欣然地面對不幸與災難，表現了背叛與痛苦的兩面性。

這本書中講述的內容都是眞實的，我所採用的故事內容主要源自於動物們的不同經歷。

當克拉格還是一隻小羔羊的時候，我們對牠所過的日子瞭解的不多，我根據那些普通的山綿羊羔羊的日常生活瑣碎片段組織起來，最終形成了克拉格孩提時代的那一部分。但是在故事最後的部分，克拉格與獵人長時間的追逐和克拉格最後的死，都是有歷史材料可查的。關於克拉格羊角的那幅圖，則是適當地從牠的相片重繪出來的，我相信克拉格的羊角現在應該還懸掛在英國的某一位貴族家裡。

郊狼「提托」是一個複合而成的特殊主角，美國少校約翰卡勒夫告訴我，在灰狗事件中，提托失去了尾巴。而其他內容主要源於我自己的發現。

「小熊喬尼」是完全根據事實進行敘述的。

「月光仙子更格盧鼠」是由兩個角色複合而成的。

「蘭迪」則是根據幾個獨立的個體創作出來的。

「叮噹」的故事完全是眞實的。

「山雀」的故事當然只有基本事實是眞實的。

這些都是我在一八八一年到一八九三年間撰寫出來的小說故事系列，刊登在各種各樣的雜誌上。

這些作品是我早期的一些樣本，我使用了古老的方法，讓那些動物開口說話，並把這些話安插進故事中。「棉尾兔瑞格」就是這個系列中的一個，它創作於一八八八年，在一八九〇年十月發表在「聖尼古拉斯雜誌」上。從那時起，我就堅持使用更加科學的方法，在這期間，「羅布」是我早期的比較重要的作品。它是在一八九四年二月創作出來，一八九四年十一月發表於斯克萊布諾雜誌。

我晚年時期慢慢開始減少寫野生動物的故事，後來就完全不寫了。因爲野生動物生活在蠻荒，而我已無法在那裡花費大量時間和精力，繼續在第一線戰鬥了。

當野生動物的能力開始減弱並走向谷底的時候，相對地，敵人對牠來說就變得強大了；於是，牠就得死掉。這是讓一個動物的歷史不成爲悲劇的辦法——讓故事在最後一章結束前能停下來。這就是我在「提托」、「水鴨媽媽」以及「更格盧鼠」等中所使用的方式。

我曾經受到讀者嚴厲的指責，第一，因為「羅布」最後被殺死了。第二，因為我把這個故事講了出來，讓許多溫柔善良的心不時被憂傷困擾。

對於這一點，我的回答是：關於那些動物，我的讀者們留下的究竟是什麼框架下的心態？他們看過之後，同情心是否會增加？他們同情的究竟是殺死動物的那個人，還是那隻高貴的動物？牠們經歷了每一場考驗，死了還能不能像牠曾經活著那樣，威風凜凜、毫不畏懼和堅忍不拔？

我並不是想要搶先譴責某個領域裡的運動，或者甚至是對動物的殘忍，我的主要動機，也就是我最大的願望，就是停止消滅那些沒有任何害處的野生動物；這不是因為牠們自身，而是為我們自己而考慮的，我堅信任何一隻野生動物身上都有一種非常珍貴的傳承，我們沒有權利摧毀。

我曾經透過呼籲，試圖制止那些愚蠢、殘忍的破壞工作——不是去解釋：那是沒有用處的——僅僅只是因為同情，尤其是考慮到下一代的生存環境。

地球上總是有荒蕪的土地沒人居住，我們要怎樣才能更好地利用這些土地，不僅是把它當做野生動植物的避難所，也能爲那些看見它們的人提供單純的快樂？

——歐尼斯特．湯普森．塞頓（Ernest Thompson Seton）

SCOOP!
MARVELLOUS
DISCOVER
ASTOUNDIN

克拉格

庫特耐的公羊

它的身上是寬闊的綢緞一樣的絨毛，白得耀眼，偶爾撒播了幾塊長長的丁香色花環，幾乎也是白色的，那彷彿是紫藤花，但我無法確定。亮閃閃的，如此精巧裝飾在這塊最蒼白的絲綢上的還有兩個細長的金鏈，從裡向外延伸，時而消失，時而平坦。

1

在遙遠的西北部地區，我看見了一片開闊的高地。高地上的岩石有灰色，也有紫色，這些顏色與另外一種溫暖的色彩互相輝映，那就是高地上剛剛萌芽的明媚春色，也就是世界上最美好的春天的色彩。如果沒有嚴冬的洗禮，就不會有春天的亮麗，高地上暗淡的色調是光線進行調節的結果。因此，在這片曾經經歷了無數個寒冷冬日的漫漫長夜的土地上，大自然曾經在六個月艱苦的時光中儲藏起所有的喜悅，而這所有的興奮，一下子就都釋放出來了。它把這明媚的春光一股腦地奉獻了出來：這亮麗的春天就是對過去最豐厚的補償。六個月的快樂終於被以這樣慷慨的方式噴湧出來，所有的一切都陶醉在這無比的幸福中了。即將過去的五月就是大自然釋放這些無價之寶的月份。就這樣，春天，偉大的光輝燦爛的曾經被封殺了六個月的春天，一下子就讓這個歷盡滄桑的高地披上了節日的盛裝，每一道山梁都在春風中狂歡。

即使是那個鬱悶的緊挨著那道山梁的崗德峰，也一下子明亮了許多。高地上的光線和小路兩旁的野花，本應該在過去的六個月中成長不少，但我們現在卻只能看到一種野花——紫色的羽扇豆花。小路的兩旁，我的前後左右，還有前面更遠的地方，到處都盛開著這種美麗的野花。

附近的野花叢一簇接著一簇，隨意分散在崎嶇的山坡上。但在前面更遠的那個地方，卻有很大一片的羽扇豆花，這片野花叢非常寬闊，花叢中的花也很稠密，密密麻麻的野花一直延伸到遠處的山坡上，形成一個長而曲折的花帶。這些紫色的羽扇豆花溫柔地躺在這片剛剛煥發生機的大地上，從遠處看，眞像是棲息

在綠草叢中的一片紫色雲彩。

現在已經是五月末了，但山裡的風還很冷，山澗小溪的岸邊還有一些白色的霜，那是無形的風在夜間送給大地的禮物。這個無形的風現在又開始吹起來了，蔚藍的天空中很快就飛來了一大片烏雲。很快，大風就夾著大片大片的雪花，從灰色的天幕上飛下來了，越過山峰，飛過高地，席捲高地上盛開的鮮花。高地上慢慢出現了灰色的、灰白色的、白色的各種各樣的地形。這片穿著節日盛裝的高地，一點一點地，一片一片地，依次被粉刷成白色。但是那些紫色的羽扇豆花依然牢牢地站在堅韌的莖杆上，在剛來的春天給它們注入活力的支持下，堅決地和風雪進行長時間的鬥爭。大片大片的雪壓在頭上，它們在沉重的負荷下彎下白色的頭，然後，帶著對風的無限感激，它們使勁地搖著頭，就又重新獲得了自由，堅決地站起來了，筆直地站在這片被春風光臨過的土地上，向狂暴的大雪挑戰，高貴的紫色代表了它們的品質。然而，大雪卻像它剛才倉促現身時那樣，突然停止了。天上的烏雲也很快就飄走了，灰色的蒼穹頃刻間又變成了湛藍的青天。在

這清新的藍天下，這片高地顯示出耀眼的白色，但在這無邊的白色大地上，偶爾有一些雜色的條紋和斑點，那是可愛的羽扇豆花和它們紫色的花帶。

大雪帶來的傷痛已經過去了，雪地上顯示出兩條蜿蜒曲折的小路，那是兩隻山綿羊走過後留下來的兩行長長的腳印。

2

春天的雪很容易暴露獵物的行蹤，因爲牠們肯定會在雪地上留下足跡。獵人斯柯堤從牆上取下來福槍，開始爬上這片山坡。山坡下就是那條名叫煙草的小河，他在小河邊搭了一個小棚子，他就住在棚子裡。煙草河對面是非常有名的綿羊山山脈。斯柯堤對這片開闊的白色高地並不在意，他也不是很喜歡那些漂亮的羽扇豆花，不管是花、花叢還是花帶，都不能讓他高興。

他陰沈著臉走在這片崎嶇不平的高地上，走了很長時間。他覺得這場剛下的雪一定會讓他找到不少獵物，但他什麼也沒有看見。後來，他突然看見雪地上有兩行腳印，是山綿羊的腳印。他立刻有了精神，興奮地向四下張望。根據這兩行腳印，他可以判斷出附近有兩隻成年的母山羊。而且，這兩隻母山羊正在四處遊蕩，用鼻子嗅著風，判斷周圍可能發生的情況。

斯柯堤跟著這些腳印向前走，一邊走一邊思索著關於這兩隻綿羊的各種情況。走沒多遠，他就從這些腳印的各種特徵判斷出這兩隻羊很不平靜，牠們心神不定，但肯定沒有受到驚嚇，而且牠們離開這裡還不到一個小時。牠們曾經從一個藏身地漫遊到另一個藏身地，有一兩次，牠們曾經躺下來休息了幾分鐘，但這僅僅只是爲了再站起來，繼續向前走。很明顯，牠們並不饑餓，因爲那麼多好吃的食物都沒有被牠們碰過。

斯柯堤小心翼翼地繼續向前走，掃視著遠處的各個地方。他不跟在這些腳印的後面走，他走在這些腳印旁邊，遠遠地看著這兩行腳印。突然，腳印在一個洞前消失了。牠立刻就轉到旁邊的岩石旁，這個岩石正好對著那個洞，洞的出入口擁擠的長著一些羽扇豆花。斯柯堤找到了一個比較好的方位，悄悄躲在岩石後向這個洞裡看過去。啊！洞裡有兩隻羊，那一定是他正辛苦地尋找著的那兩隻母羊，牠們正要跳起來。

他立刻把槍舉起來。用不了一分鐘，一隻羊或者是兩隻羊，都將倒在他的槍下。但就在斯柯堤要扣動扳機的時候，他突然看見兩隻剛出生的小羔羊，牠們正試圖用搖搖晃晃的小腿站起來。牠們看見了斯柯堤，滿心疑惑地站了一會兒，不知道是該到這個新來的人旁邊，還是該跟著牠們的母親們。

母綿羊尖叫了一聲，向牠們的小羊發出警告，同時身子向後退，把小羊包圍起來。小羔羊不再猶豫了，這兩個媽媽聞起來更親切，更像牠們自己，牠們覺得關心自己的應該是這兩個和自己長得相像的動物。於是，牠們掉轉了原本不確定的步子，向牠們的媽媽那邊走過去了。當然，斯柯堤肯定能夠殺死這些綿羊中的任何一隻，或者是能把牠們全都殺死，因爲他離牠們最多只有二十碼遠。但在人類身上總有一種很不理智的衝動，他突然想要「抓活的」，這個洶湧的原始欲望

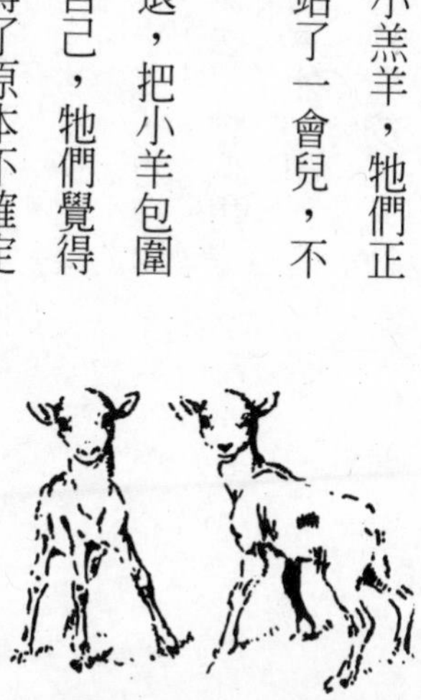

使他放下了手中的來福槍。他根本沒有考慮到之後該怎麼對付牠們，牠們這麼輕易地就集體對準他的來福槍，他確信他一定能夠抓到其中一隻，而且即使待會兒想把牠們全部殺死也絕不是一件難辦的事情。因此，他就把槍放在一個安全的地方，追那兩隻小羔羊去了。但是，這兩個傷心的母親已經對這兩個小羔羊發送了大量的警告資訊，牠們已經不再猶豫，知道應該趕緊避開這個陌生人。當斯柯堤向牠們衝過來的時候，他更加堅定了一定要抓住的信心，而這兩隻小羔羊也在這短暫的生活體驗中，第一次知道什麼是危險，本能地尋找逃跑的辦法。牠們出生還不到一個小時，但大自然已經爲牠們裝備了一系列非常有價值的本能。和人的步伐相比，這兩隻小羔羊的確跑得很慢，但牠們立刻就顯示出突然轉彎的非凡能力。斯柯堤不但沒有讓牠們放心下來，反而讓牠們更加緊張，他沒想到會出現這種情況。

在這期間，兩隻母綿羊圍在小羔羊旁邊，悲哀而焦急地叫著，催促孩子們趕快逃跑。斯柯堤聚精會神地嘗試著各種辦法去抓小羔羊，無意中已經深深地陷入了周圍的亂石叢中，而且更驚嚇了兩隻小羔羊。牠們使盡所有力氣，用柔弱的小腿努力嘗試各種方法，盡量向母親們靠近。斯柯堤在牠們後面不時地打滑，非常忙亂，雖然他的手有幾次都摸到了羔羊身上光滑的軟毛，但他還是一隻都沒抓到。

那兩個膽怯的母親很快就到了遠處有很多亂石的地上，牠們站在那滿是羽扇豆花的花床旁，等著這兩隻小羊來到牠們之中。同時，牠們也已經非常嫻熟地駕馭了這場嚴肅的追逐遊戲：一旦到了這片光滑而又堅固的亂石叢中，小羔羊就有了有利的條件，牠們很快就能擺脫感覺到的那種疲倦，因此，也就能很快地甩掉敵人了。

斯柯堤陷入了非常窘迫的局面，他一會兒追著這隻小羊，一會兒又去追另一隻小羊，根本沒有意識到整件事情都是被兩隻母綿羊安排好的。他就這樣一直追到崗德峰最低處的一個凸壁上，這個地方崎嶇不平，岩石很多，像懸崖一樣。那兩隻母綿羊跳著向上走了，小羔羊也突然感覺到新的活力，就像鴨子第一次下水一樣，牠們黑色的橡皮蹄子牢牢地抓住光滑的岩石，而人類的腳卻從來無法做到這一點。牠們跑起來了，在這個新發現的大山的翅膀下，簡直像飛起來一樣，很快就飛到上面去了。牠們飛遠了，被牠們的母親帶著，已經看不見了。

斯柯堤把他的來福槍放在一邊，對這幾隻山綿羊來說，眞是幸運。因爲當斯柯堤扣動來福槍扳機的時候，一百碼遠處的羊簡直就跟死羊沒兩樣。現在，兩隻小羔羊都跑掉了，他立刻跑回去拿他的武器。但在他還沒有來得及向牠們開槍射擊時，山峰上突然出現一陣大霧，擋住了他的視線。然後又颳來一陣大風，風把地上的雪捲起來，很快就把那些山綿羊的腳印覆蓋住了。就是這些背棄信義的雪曾經把這幾隻山綿羊帶來了死敵，而現在，它又颳過來一陣大霧，擋住了敵人的視線。

因此，斯柯堤只能抬頭望著懸崖，一半讚歎一半嘀咕著：「該死的小東西！該死的小東西！太聰明了，牠們出生還不到一個小時！」

現在，他已經完全明白那兩隻母綿羊爲什麼會焦急地在那裡徘徊了。

從發生這件事情以後，他整天都在打獵，但卻毫無收穫。到了晚上，他已經非常餓了，吃了一塊肥燻肉，就這樣把晚餐應付過去了。

3

崎嶇的山峰不是人類居住的地方，但卻是綿羊保護自身安全的最後避難所。一旦到了那兒，兩隻母綿羊就不再害怕了。從那以後，過了幾個星期，牠們細心照料這兩隻小綿羊，一直都不遠離牠們的避難所，也不到空地上去。

那兩隻小綿羊非常健康，長得也很快。牠們出生一個星期後，就已經非常有力氣了。牠們有時候會在山裡突然遇到獅子，當牠們被迫逃命的時候，已經跑得非常快，能夠跟上牠們的母親了。

在小綿羊出生的那天所下的那場雪也在幾個小時內就消失了，所有的小山上都重新鋪上了綠草和野花裝飾起來的地毯。母綿羊有充足的食物，小綿羊也獲得了大量的營養，牠們吃著春天的美味，滿意地搖著尾巴。

其中一隻小綿羊有個非常顯著的標誌——一個非常白的鼻子，又粗又壯，很結實。而牠的玩伴則比牠稍微高了一點，也比牠更文雅一點，牠出生後不到一個星期，就長出了一個奇特的小瘤子，那就是牠的小羊角。

牠們兩個配合得非常好，快樂地蹦蹦跳跳，在母親身邊追逐遊戲，或者是整個白天都在打架。一個猛衝著跑開，另一個在後面追，試圖把前面的撞倒。或是跑到小丘上，那個小丘彷彿向牠們發出了邀請，牠們立刻就開始那個古老的、廣為流傳的遊戲，也就是「城堡裡的國王」的遊戲。一隻小綿羊爬上小丘，牠的朋友急得大叫。爬上去的小綿羊使勁地跺腳，來回搖著牠的小腦袋，要讓另一個明白牠是城堡裡的國王。然後，牠們漂亮的粉紅色耳朵將垂下來，兩個滿是絨毛的胖頭壓在一起，純潔的褐色眼睛滴溜溜地滾動著，試圖讓自己看起來非常可怕和兇猛。牠們都使勁地推壓對方，直到其中一個被強迫著跪在地上，然後又高興地跳起來，彷彿在說：「哼！，我才不想要你的城堡呢！」但是，牠立即又要證明

這是個謊言，就趕緊給自己找到另一個小丘，立刻站上去，帶著自己最兇猛的表情，使勁地跺著腳，搖著腦袋。在使用過這種方式之後，就用牠們山綿羊的表達方式，一直站上好幾個小時，這象徵著有節奏的挑戰。於是，戰鬥場面又再被重覆一次。

在這些小小的爭戰中，白鼻子通常能占上風，因爲牠稍重一些。但在賽跑時，小瘤子很容易領先。牠一直都很喜歡運動，從來不知道疲倦，幾乎一天到晚都在跑來跳去。

晚上，牠們兩個睡覺的時候通常靠得很近，睡在母親的對面。牠們睡覺的地方當然是隱蔽的藏身地，牠們待在這裡可以看見太陽升起。這種地方不能根據牠們的是否感覺舒適來進行選擇，因爲安全遠比舒適來得重要。如果睡在感覺非常舒適的地方，就很容易被敵人發現。小瘤子總是很活躍，在這兩隻小綿羊中，牠總是起得最早的那一個。白鼻子情願懶惰，小瘤子起床之後，牠還繼續睡在那裡，把身子縮成一團。在這個家庭要開始新的一天時，牠總是起得最晚的一個。

白鼻子的鼻子像雪一樣白，這與牠身子後面的一塊白色很相配，牠的鼻子和其牠所有的大角羊一樣，只是比通常的尺寸更大一點，顏色也更白了一點。這是個非常誘人的標誌，小瘤子一有機會就要對它進攻。如果是在早上，小瘤子總是高興的使勁朝這個潔白的鼻子撞去，就這樣喚醒牠的朋友。

山綿羊通常過著群居生活，牠們總是以群體的形式出現。一群山綿羊中聚集的綿羊數量越多，就會有更多雙眼睛能觀察周圍的危險。但在庫特耐地區，獵人是非常活躍的。斯柯堤就是一個非常活躍的獵人，牠對野生動物格外殘忍。在牠住的那個棚子的屋頂上，到處都是公羊的羊角，這些羊角都是牠從殺死的那些山綿羊頭上挑選出來，隨便地扔在棚子頂上的。棚子裡面有一大堆綿羊皮，占了這個棚子的大半面積。這些綿羊皮都是他準備拿到市場上出售的。

斯柯堤是個優秀的獵人，但也正因爲這些緣故，這個地區的大角綿羊已經減少了很多，羊群的數量迅速減少到幾個零散的小羊群，而其中最大的羊群還不到三十隻羊。有許多羊群就像我剛才談到的那樣，只有三隻或四隻羊。六月份的前兩個星期，斯柯堤曾有一兩次經穿過綿羊活動的那片地方。他總是帶著來福槍，這支槍是隨時都準備好要射擊的，因爲對他來說，不失時機的射擊非常重要。他曾經一次又一次碰到過那兩隻帶著孩子的山綿羊，但這兩隻山綿羊總是非常警覺，每一次當斯柯堤看見牠們的時候，牠們之中總會有一個在遠處就看見了他。看見他的母綿羊要不是很快就把其他羊的帶走，就是會發出一聲短暫而非常特別的吸氣聲，警告其他幾個不要動。然後，兩隻母羊和兩隻小羔羊就靜靜地站在那裡，像石頭一樣一動不動，牠們就這樣躲過了災難。當然在這時候，即便是一個非常輕微的移動都有可能給牠們帶來災難，所以這種辦法只能在萬不得已的時候才使用。當那個敵人走遠了以後，牠們就飛快地跑到遠處安全的活動範圍內。

但是有一天，當牠們走到那片松樹林的一個角落時，突然嗅到一種牠們不熟悉的氣味。牠們停下來，想看看是什麼東西，就在這個時候，一個巨大的黑色動物從一個岩石旁跳了出來，一下子就把白鼻子的媽媽撞倒在地上。

小瘤子和牠的母親驚恐地逃跑了。那個傢伙是一隻狼獾，那是牠們的敵人，

牠立刻就結束了白鼻子媽媽的生命。但是，牠沒有立即享用牠的盛宴，而是馬上跳起來撲向白鼻子。此時的白鼻子已經被嚇傻了，呆呆地站在那兒。這個殘忍的野獸立刻就把牠放倒在牠母親的旁邊。

4

小瘤子的媽媽身材中等，身體強壯，是隻非常完美的動物。牠頭上的兩隻羊角很長，很鋒利，遠遠超過一般母羊的羊角，是那種被稱爲長釘角的那一種種類；而且，牠的經驗非常豐富，感覺也總是十分敏銳，是一隻優秀的山綿羊。煙草河上面的地方，一天比一天更加危險，這主要都是因爲斯柯提的緣故，他太擅長捕殺山綿羊了。那天早晨，白鼻子和牠媽媽都被殺死了，這個悲劇讓小瘤子的媽媽決定從這裡搬出去。

牠帶著小瘤子在崗德峰的山坡上飛快地奔跑，但是在越過每一個凸起的高地之前，牠都要停下來仔細查看。牠靜靜地站在某個地方，像一塊岩石的地衣補丁一樣，從高處觀察，向四面八方查看。在每一個地方，牠都要靜靜地看上一分鐘，甚至更長的時間，用敏銳的眼睛掃視著四周每一個角落。

有一次，牠正在進行這樣的觀察時，突然看見身後很遠的某個地方，有一個黑色的身影在移動。那就是斯柯堤。牠們現在是在草原上，斯柯堤也看見牠了。牠強迫自己保持冷靜，也要牠的孩子儘量保持安靜。牠們就這樣像石頭一樣靜靜地站在那裡。就這樣，斯柯堤總算沒有注意到牠們兩個。牠們靜靜地站了很長時間，斯柯堤終於在岩石後面消失了。牠立刻飛快地跑開，跑得比以前任何時候都快，小瘤子也飛跑著跟在牠後面。

天快要黑了，牠爬上了亞克因卡克分水嶺，又一次進行觀察。在前面的一道山梁上，牠模模糊糊地看見了一些移動的形體。牠觀察了很長時間，終於辨認出來那些動物都穿著山綿羊的統一制服——牠們的身上都是灰色的，腿上似乎都穿著白色斑紋的長襪，臉上和尾巴上都有白色的斑點。牠們正迎著風走。

牠要跟上牠們。牠下了高坡，暫時看不見牠們了。牠仔細尋找著這些山綿羊走過後留下來的痕跡。牠很快就找到了一些足跡，而且也知道自己的猜測是正確的：牠看見了兩行腳印，那是兩隻體形很大的大角山綿羊留下來的，但從這些腳印也可以判斷出來牠們是公羊。根據山綿羊的規矩，公羊形成一個群體，母羊和小羊形成另外一個群體，牠們必須不互相混合，也不能尋找或加入另外一個社團。唯一的例外是在冬天剛開始的時候，那是歡樂的月份，是愛情和交配萌發的季節。

小瘤子的母親，也就是長釘角——讓我們就這樣稱呼牠好了——牠離開那些腳印，走過分水嶺，心裡仍然很高興，因爲牠知道這個地方有山綿羊。牠和小瘤子在一個洞裡休息了一個晚上。第二天早晨，牠們又出發了，一邊走一邊吃些東西。不久，牠聞到了一種氣味，就停下來查看。牠跟著這股氣味走了一會兒，其他的一些氣味也加入進來了，這些氣味進行過混合，牠根據風中的這些氣味，很快判斷出自己已經發現了一群羊的足跡，而且這群羊是由母羊和小羊組成的。牠堅持不懈地跟著這些腳印走，小瘤子在牠的旁邊跳著，想念著牠的玩伴。牠盡可能想像牠的朋友就在遠一些的地方，所以總是來來回回跑雙倍的路程，牠用這種方法來表示自己對那個好朋友的思念。

牠們走了還不到幾分鐘，長釘角就看見了那一群羊，總共不少於十二隻——那是牠自己的民族。牠正好站在岩石上，因此先看見了牠們，但是當小瘤子伸出牠圓圓的腦袋，想去看個明白的時候，這個輕微的舉動立刻引起羊群裡一個非常警惕的母綿羊的注意。牠隨即向其他綿羊發出警告，羊群裡所有的羊都立刻靜靜地站在那裡，像石頭一樣，牠們的眼睛都對著長釘角母子兩個瞧。現在輪到長釘角有所表示了。牠向前走去，讓那些羊更加清楚地看見牠，那個羊群立刻飛奔著跑過小山，但是在小山的後面圍成一群。牠們站在左邊，小瘤子和牠的媽媽就走到右邊。

透過這種方式，牠們的氣息在風中的位置就顛倒過來了。之前是長釘角能聞到這群山綿羊的氣息，現在則是這群山綿羊能聞到長釘角的氣息了。牠們已經在

遠處看見牠身上的制服，而且也相信牠發過來的信任訊息是正確的，於是向長釘角發出確認信號。

長釘角非常謹慎地向牠們走去，到了牠們旁邊。一隻領導這個羊群的母羊走出來接見牠。牠們互相嗅著，盯著對方看。羊群的領導跺了跺牠的腳，長釘角也已經準備好要迎接戰鬥。牠們同時向前走了幾步，兩個羊頭立刻重重地撞在一起！然後，牠們互相推壓著對方，長釘角使勁地扭著身子，這樣的話，牠那鋒利的羊角就可以長時間頂在另外一隻羊的耳朵上。這個壓力讓人越來越不愉快。長釘角的敵人感覺到牠就要支持不住了，因此，牠就嗅了嗅，轉過身去，搖了搖頭，重新加入到牠的朋友們之中了。

長釘角跟在牠後面，而小瘤子則完全不明白這是怎麼回事，只能緊緊地跟在媽媽旁邊。那群羊突然轉身，跑了幾步，但很快又回到剛才的地方圍了起來。長釘角堅守著自己的陣地，牠們就聚集在牠的周圍，於是，牠被這群羊接納了，成了這個羊群中的一員。這是羊群接受其他新來山綿羊的一個普通儀式。長釘角被

這群羊正式接納了，但小瘤子卻不得不確立牠自己的地位。

在這個羊群裡大約有七八隻小羔羊，大多數都比小瘤子年齡大，個頭也大。和其牠動物一樣，這些小羔羊已經準備好來迫害小瘤子了，僅僅因爲牠們以前並不認識牠。

小瘤子第一次面臨到這種挑戰。一隻小綿羊趁牠沒有防備時，突然從背後狠狠地「撞」了牠一下。小瘤子過去曾經用類似的方法突然襲擊過白鼻子，在那時候，牠覺得非常有趣，可是現在，這件事情除了讓牠生氣之外，可是一點都不有趣。

牠轉過身來面對著牠的敵人，但另外一隻小綿羊又突然從其他方向向牠發動襲擊。因此，不管小瘤子轉向哪個方向，總有一隻小綿羊已經準備好要撞牠一下。就這樣，小瘤子被牠們撞了好幾次，最後不得不跑到母親那裡躲避，那是牠的避難所。當然，媽媽可以保護牠，但是牠總不能一直待在那裡。

開始與那群羊待在一起的那天，可憐的小瘤子非常不愉快，但對其牠的羊來說，則是非常有趣的。牠非常敬畏這個羊群的各個成員，和這個羊群在一起這件事情發生得太突然了，牠不知道究竟該做些什麼。牠往常的活潑好動已經無法給牠任何幫助了。

第二天早晨，非常明顯地，其牠的幾隻小羊又想拿牠來尋開心。其中有一隻又高又壯的小公羊，在所有的小綿羊中，牠的個頭最大。這只小公羊雖然還沒有長出羊角，但是牠後來長出來的那兩隻羊角就像牠本身一樣，非常厚實地安置在頭上，有些彎曲的皺摺，非常粗糙。因此，我們根據牠的角將來的風格，給牠起的名字就叫做「皺紋角」。

牠向小瘤子走了過來。小瘤子剛剛站起來，皺紋角立刻用上了兩條後腿，這是綿羊的方式，牠狠狠地向小瘤子撞了過來。小瘤子爬著從牠旁邊過去了，但很快就跳了起來。牠突然燃起了一股無名的怒火，對眼前這個恃強淩弱的壞蛋十分生氣。於是，兩個小羊頭狠狠地撞在一起，用上全身的力氣，心裡想著自己一定能夠獲勝。小瘤子跌倒了，但馬上又站起來了，瘋狂地衝向另一個壞蛋。牠們的頭擦著過去，現在是頭對肩膀了，兩個小羊都胡亂撞擊著對方。

起初，小瘤子被迫向後退，但是牠很快就想到牠那兩隻非同尋常的羊角，馬上就把牠們派上用場，而這兩隻剛剛露出來的羊角也立刻爲牠做了貢獻。牠用這兩隻羊角使勁地撞向皺紋角的肋骨，撞了一次後又撞了一次。於是，那個欺軟怕硬的傢伙堅持不住，趕緊掉轉方向逃跑了。其他的幾隻小羊站在小瘤子四周，意識到這個新來的傢伙適合牠們，於是牠們接納了牠，把牠當做牠們中間的一員，小瘤子被欺侮的歷史就這樣結束了。

5

我們經常可以聽到社會的規律和習慣受到嘲弄的事情，彷彿這些都是愚蠢的人爲暴政。但在實際上，它們都是非常重要的自然規律，類似萬有引力定律。這些自然規律在人類社會開始前就已經存在，當人類社會開始的時候，它們就勾畫出這個社會的形狀。從所有野生動物的成長過程中，人類也可以看出伴隨他們成長的種群精神因素不斷成長。

如果一隻新母雞或者是一頭母牛突然來到一個牲畜棚前，牠就必須弄明白牠所屬的那個級別。牠必須根據自己的總體能力準確地依從於相應的級別。那些原來已經待在這個牲畜棚裡的各個成員，長期以來就在優先權限範圍裡爲自己排好了等級。任何一個成員都不可以在相應的級別上越過其他排在牠前面的成員，除非是用戰爭獲得了那個位置。在這個等級序列的某個地方，也一定有一個位置適合新來的那一個成員，直到重新爲這個序列確定一個新秩序，而命運的改變往往決定於一場戰爭。

毫無疑問，在多數情況下，力量、勇氣和行動可以決定一個新來者在這個原有序列中所占的位置，但有時候，聰明和敏感卻有著更重要的作用。誰才是這群野生動物的領導呢？其實不一定是最強壯、最兇猛的那一個，實際上，這個領導往往是那個可能帶領其他動物的那一個。要注意——牠只是帶領，而不是領導。

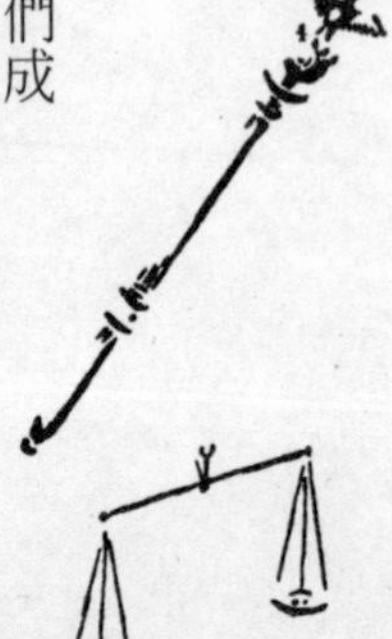

或者我們可以更確切地說，牠僅僅是牠們的嚮導。這個領導不是正式選舉出來的——像人類目前的這種情況——而是相當緩慢地篩選出來的。這個特別的領導在長時間的生活經歷中給其他動物留下一個印象：牠是牠們可以跟隨的最好的一個，於是牠們就主動跟著牠，牠就成了牠們的領導和嚮導。

這個管理體制完全是由被管理的成員同意了的，選舉結果是沒有異議的。因爲在獸群的生活中，如果有幾個動物對於究竟該跟著誰走並不在意的話，牠們就會隨便地走向其他方向。在許多種獸群的生活中，領導者的勇氣和能力往往都經過所有的考驗測試，牠能以自信和敏銳鼓舞其他成員。這個領導通常並不是最強壯的男性，而是一個年長的女性。在麋鹿、水牛、鮭魚，以及山綿羊在夏天的時候形成的獸群中尤其是如此。

崗德峰上又出現了一個綿羊群，這個羊群裡有六七隻母綿羊和幾隻小綿羊，其中有三四隻大約一歲左右的小羊，另外還有一隻兩歲的小公羊，這隻小公羊似乎很有前途，牠正在茁壯成長，羊角也剛開始長出來，牠對這兩隻小羊角非常自豪，正處在「野綿羊」階段。牠在這個羊群中個頭最大，但這絕不是意味著牠就是這個羊群中最重要的一隻羊。羊群的領導是一隻非常精明的老母羊，牠不是那隻曾經和長釘角鬥了一個回合的母羊，而是一隻個頭略小一點的母羊。牠的角很短，又粗又硬，牠是皺紋角的母親，也是這個羊群的嚮導，除此之外，牠什麼也不是。

那些綿羊認爲牠們並不是非得服從牠的領導，牠僅僅是牠們的嚮導，牠們可以安全地跟著牠。因爲長期的經驗證明，牠總是正確的。雖然牠們沒有正式地給牠稱呼，但牠們心裡已經有這個概念。因此，我們可以把這群山綿羊的領導稱爲明智綿羊。

長釘角是一隻非常活躍的綿羊，牠早期的高貴品格主要包括冷靜、有遠見、目光敏銳，而且牠的鼻子和耳朵也時時刻刻都在監視著周圍的一切。每走上三步路，牠至少要抬頭向四周看一次。如果牠看到某些奇怪的東西，或者發現任何移動的物體，牠一定堅持看下去，直到分辨出來那究竟是個什麼東西後才繼續吃草，或者發出一聲長長的警告，讓其牠綿羊都像石頭一樣靜靜地站著。

當然，牠所做的一切也是其牠綿羊常做的事，但牠剛好比其牠羊做得好一些。儘管如此，明智綿羊卻很少被牠比下去，有時甚至還比牠先看見眼前的動靜，牠還有一個長處就是比較熟悉這個地區。但是，牠們的天然才幹太接近了，幾乎勢均力敵，因此，明智綿羊很快就感覺到長釘角在羊群的領導權的競爭問題上是牠最危險的對手。

這個綿羊群中也有怪人。有一隻年輕的母羊養成了一種懶惰的吃草方式，喜歡用「膝蓋」跪著吃草。其牠綿羊都隱約覺得這種方式不太好，自覺地不去模仿牠的作法。牠這種吃草方式給牠帶來了另外一個後果，牠的兩條前腿的膝蓋上都起了老繭一樣的墊子（實際上是腕關節）。慢慢地，這些墊子不斷加厚，再加上牠對兩條前腿的不當使用，這位「膝蓋墊子」夫人日常活動的靈活性逐漸受到這種習慣的侵擾。牠不能像其他綿羊那樣快速地跳到一邊，或者是向後跳。在一般情況下，這並沒有什麼妨礙，但在緊急的情況下，這種敏捷性就相當重要，尤其

是在需要趕緊逃命的時候。所有的動物都需要透過飛跑來挽救自己的生命，牠們都擅長做一些曲折的轉彎和敏捷的跳躍。

這種曲折的轉彎和敏捷的跳躍是野生動物非常寶貴的本領，正在睡覺的兔子在突然看見狐狸或者是獵狗向牠撲過來的時候，這是牠最好的保命才能；熟睡中的野兔受到野貓攻擊時，這也是牠唯一的籌碼；如果正在休息的鹿忽然需要對付一隻正向牠衝過來的狼時，這是牠可以採取的、用來製造障礙的有效措施；這也是一個非常完美的策略，透過這個策略，沙錐鳥可以從沼澤地上跳起，走出曲折的路線，足以讓人類開槍射擊的技術失去作用，甚至連鷹的速度也不能傷害牠，直到安全逃脫。

這個羊群裡還有另外一隻綿羊，牠是一隻很不安分的小母羊。牠服從領導的指揮，但卻有一件事例外。領導發出短暫的警告聲，讓所有的綿羊都像石頭一樣靜靜地站著時，牠卻還要繼續走動，很不安分、很焦急，牠對明智綿羊那個定時的「凍結」命令並不在意。

6

幾個星期過去了，羊群中時常有警報和逃跑的事情發生。但這個羊群的警惕性很高，因此一切都很正常。夏天來臨的時候，羊群中產生了一種特別的疾病，羊群中的羊一直在發燒。牠們毫無表情地站上幾分鐘，每隻羊都既不吃草也不咀嚼或反芻，似乎沒有消化食物的跡象，而且這種現象持續了很長的時間。牠們到處走動，想找些什麼東西，但牠們不知道想找的究竟是什麼。那隻明智綿羊也感覺到有些不對勁，這個永無休止的發燒已經讓牠們喪失了食欲，但牠很快就明白了，立刻站了起來；牠要做一件非常重大的事情，去尋找能讓牠們重返健康的機會。

牠領著這群羊一直向低處走，到了非常低的平地上，但牠還要向下走，繼續下到了更低處的樹林中。牠要去什麼地方呢？大多數羊群中都不熟悉這條路，而且每隻山綿羊都清楚地知道，這樣低的地方對牠們來說是很不安全的。

長釘角已經完全不信任這位明智綿羊了，一次又一次地停了下來。牠不喜歡這種險惡的低處，但牠們的領導繼續平靜地走著。假如這個獸群中有任何一隻綿羊不願意繼續跟著明智綿羊向前走，而且明智綿羊同意讓牠跟長釘角一起回去的話，長釘角一定會把這個羊群分開。但所有的山綿羊都倦怠地跟著明智綿羊繼續向前走。牠們已經越過了最後的那道安全防線，又向下走了很遠，牠們的領導開始豎起耳朵，盯著前面看。

忽然，明智綿羊盯著看的某些東西吸引了大家的目光。牠們既不想吃東西，也不想喝水，但牠們的肚子確實一直渴望得到的某種東西，而現在牠們已經感覺這種東西終於離牠們很近了。

牠們的面前出現了一個非常寬的山坡，山坡下有一條白色的帶子。明智綿羊領著這群羊來到了帶子上面。這個河岸和周圍所有的一切都是白色的，牠們用不著明智綿羊指點，就急切地舔起地上白色的東西。哦，這是牠們品嚐過的東西中最好吃的一種！彷彿永遠都吃不夠似的，牠們舔呀！舔呀！喉嚨不再乾燥，眼睛

和耳朵不再發熱，頭痛也離開了大腦，因發燒而非常癢的皮膚也涼了下來。品嚐到最香甜的食物，疲憊也一去不返了，牠們所有的本能都被協調了。這眞是一劑興奮劑，一杯生命的飲料，但實際上，這僅僅只是很普通的鹽。

這就是牠們吃的東西——美味的舔鹽，明智綿羊的智慧帶領牠們完成了一件大事。

7

對於一隻還沒有成年的動物來說，上天賜給牠最好的禮物就是嚴格服從命令。正因對母親的服從，才能使牠不需要經過冒險就能夠獲得牠母親的所有經驗。有勇氣自然是好的，速度快、力量大當然也很好，但最好的勇氣、速度和力量都遠遠比不上母親能爲牠提供的經驗。頭腦是所有武器中力量最強大的，在非常小的大角綿羊中，一隻善於服從命令的傻瓜遠比頭腦聰明發達的小羊有更長的壽命。

這一群山綿羊在那裡逗留了一兩個小時，各自都舔吃了很多鹽，滿足了生理的需求。於是，明智綿羊就轉身往回走，帶領牠們回到安全地帶去。這個山谷裡的草非常茂盛，比一般的水草要好吃得多，幾隻小綿羊在精心選擇出來的草地上狂歡。但牠們現在已經在安全線以下很遠的地方，這裡隱蔽著許多危險。明智綿羊和長釘角等，都想回到安全地方吃草，於是帶頭走上了回去的路。剩下的幾隻綿羊雖然不情願，但也跟上了明智綿羊。

可是，皺紋角，也就是明智綿羊的那個孩子——牠太喜歡這片豐盛的草地了，牠不願意跟著牠們走。牠的母親原先並沒有察覺到，但牠剛走了沒多久，就聽見皺紋角在叫牠，於是牠又跑回來了。皺紋角不敢公然反抗媽媽，但牠故意耍賴、拖延時間，讓牠的母親回來，而且也用這樣的方法鼓勵其他小羊這樣做。因此，當夜晚來臨的時候，這群綿羊仍然待在樹林安全線以下的地方。牠們不得不在樹林裡睡覺了。

在大山裡，當一隻獅子偷偷跟蹤獵物時，會盡量不弄出聲音來，牠會像影子一樣輕飄飄地走著。在這群山綿羊都睡著時，一隻巨大的獅子出現了，牠早就聞到這些綿羊的氣息，肚子已經餓得咕嚕嚕叫了，牠一定要殺死幾隻山綿羊。於是，牠像影子一樣悄悄地向羊群走過來。牠到快接近時都沒有弄出一丁點聲音，就這樣一直到牠柔軟的腳突然碰到了一個小石子。這顆小石子向下滾到河岸上去了。

這個滾動的聲音非常小，非常輕微，但長釘角卻聽見了。牠立刻吹出一個低低的警告，喚醒小瘤子，儘管四周一片漆黑，牠們還是立刻衝上懸崖，向著安全的家鄉跑去。

其他綿羊也立刻跳起來，但獅子已經到了牠們中間。明智綿羊也跳了起來，警告皺紋角要跟上牠，牠也向著安全的地方跑去——牠獲救了，但牠的這個小羔羊經常都很任性，雖然牠也看見了一個更好的逃跑辦法，但當牠發現自己孤伶伶地站在那裡的時候，就只使勁地叫喚著「媽媽」。於是，明智綿羊就忘記自己的

危險，又衝了下來。

一眨眼工夫，那隻獅子就把牠放倒在地上了。一隻綿羊跳著跑開了，又是一隻，匆匆忙忙地，呼喊著趕緊逃命。每一隻綿羊通過獅子旁邊時，獅子都想跳起來衝過去，但每隻羊都靈巧地躲過了牠的襲擊。牠們都很擅長連續跳躍和急轉彎，動作非常快，很能迷惑敵人，因此都逃出了獅子的魔爪。

最後一隻山綿羊過來了，牠就是「膝蓋墊子」夫人，當牠通過那塊岩石的時候，獅子跳起來準備向牠撲過來，牠卻沒有做好可以挽救自己性命的最後一道屏障——跳躍，那個上天曾經恩賜給牠、有可能拯救自己的能力，牠在很久以前就喪失了，因此，在眼前這個關鍵時刻，牠倒下了。

其他綿羊跳著跟在帶領牠們的那隻羊後面已經跑了很遠，到了這個危險地帶以上很遠的地方。長釘角放慢速度，後面的綿羊一隻接一隻地跟上來，明白了現在領導牠們的是長釘角。牠們一直沒有再看見明智綿羊，牠們知道，牠肯定是遇難了。

牠們再次聚到一起，轉過身來向後看，恍恍惚惚聽見在很遠的低處，有一個非常微弱的羊叫聲。所有的羊都豎起耳朵，靜靜等待。立刻回答也許是很不明智的，因爲那有可能是某個敵人的詭計。但這個小羊的叫聲又一次傳了過來，牠們熟悉牠的聲音，牠是牠們的成員。於是，長釘角回頭向牠呼喚。

一些石頭叮叮噹噹地滾動起來，擦過滿是碎石的河岸一直向下滾，其他瑣碎的聲音也一起傳了過來。長釘角又呼喚一聲，那個小羔羊就循著聲音跑過來了。牠出現在牠們面前，是小皺紋角，牠現在已經是個孤兒了。

當然，這時牠還不知道這一點，其他的羊當時也還不知道牠的母親已經死了。但是，時間在一點點拉長，牠的母親卻再也沒有回來，再也沒有回應過牠悲傷的哭喊。牠小小的肚子以前只想要那些可口的水草，但現在，牠卻熱切地想要其他東西，而牠這最渴望的東西則永遠都不會回來了，牠媽媽再也無法把溫柔的母愛給牠了。牠感覺到深深的孤獨，叫得越來越悲傷了。

夜晚來了，牠又冷又餓，牠必須偎依在某個親人身邊，沒有大羊關心牠，牠

會被凍死的。

但是只有長釘角，這位似乎是牠們新的領導的母羊，曾經招呼過牠一兩次，回答牠的呼叫，彷彿是願意關心牠的。

在一個偶然的機會，也是本能的驅使，牠挪到長釘角的身邊，分享了牠的繼承權。長釘角剛好在牠旁邊躺下來，用身體溫暖了牠，而在長釘角身體的另一側，則躺著牠從前的敵人，小瘤子。

到了早晨，在長釘角媽媽看來，皺紋角似乎已經是牠自己的孩子了。牠身上的氣味和小瘤子相像，聞起來也跟自己很像。

小瘤子早晨起來想吃早飯，就叼住媽媽的奶，而小皺紋角就在長釘角身子的另一側吃起另外一個乳頭來。

就這樣，小瘤子發現自己和皺紋角鼻子對著鼻子一起吃奶，牠沒有反對，默默地同意這個從前的敵人和牠一起分享自己母親的奶。牠和牠的母親都沒有拒絕皺紋角，就這樣，小皺紋角被長釘角母子接受了。

8

在這個羊群中，沒有其他羊比長釘角更謹慎。牠現在已經對這個地區很熟悉了，所有的羊很快地就都明白了牠是新的領導，也都明白了皺紋角和小瘤子都是牠的孩子。

這兩隻小羊在許多事情上都像是兄弟，但皺紋角對牠的養母卻沒有什麼感謝的表示，而且還經常不把自己的乳頭等好東西讓給小瘤子。現在，牠們每天都喝著同樣的飲料，所以牠就把小瘤子看做自己的競爭對手，很快就顯示出了牠的情緒，牠想重新制伏小瘤子。但小瘤子現在已經比以前更會照顧自己了。小皺紋角除了獲得被小瘤子刺上幾個疼痛的刺外，什麼也沒有得到，牠們之間的關係也就這樣確定了下來。

在這個季節餘下的時間中，牠們一起成長。皺紋角長得很厚實，總是陰沈著臉，牠的兩隻角也在不斷長大，同樣很厚實、很彎曲。小瘤子，很不錯！現在再叫牠小瘤子已經很不公平了，我們現在可以叫牠克拉格了，幾年後牠在崗德峰這個地區獲得了這個名字，牠用這個名字譜寫著自己的歷史。

夏天時，克拉格和皺紋角的身體不斷長大，牠們的聰明才智也在不斷增加。牠們已經掌握了大角綿羊生活中的普通規則；遇到危險的時候，牠們知道如何向夥伴們發出警告；牠們熟悉所有道路，當牠們感覺到需要添些鹽吃的時候，就能獨自走到附近任何一個有鹽的地方。

牠們能連續跳躍著拐出許多非常突然的急轉彎，這都是防止敵人撲向自己的好辦法。牠們也會讓腿變得像石頭一樣生硬，讓牠們在草地上和光滑的山坡上也很安全。在完成這些動作的過程中，克拉格甚至比牠的母親做得更好。牠們已經爲自己的生活做了良好的準備，而且已經能夠吃草了，斷奶的時候到了。

長釘角必須讓自己胖起來，這樣在即將到來的冬天才能保持自己的體溫。小羔羊們自己慢慢地放棄了舒適的早餐，因爲母親的奶量正慢慢地減少，牠們不斷長大的羊角也開始讓牠們的母親感到不舒服，牠堅決一定要給牠們斷奶。冬天的第一場雪來了，灰色高地上的羊群驚慌了很長一段時間，但在這之前，長釘角已經讓牠們獨立地吃起日常的草料了。

9

這個夏天，在羊群中唯一送了命的就是那隻兩歲大的小公羊。這個小公羊既沒有同齡夥伴也沒有愛情生活，牠高傲的感覺發展成了盲目的自信，終於讓牠的毛皮被斯柯堤收走，放到牠那個小棚子裡的那堆綿羊皮上。冬天的第一場雪來了，所有的小羔羊都已經完全斷奶了，得依靠自己尋找食物了。那些母羊則已經養得很肥胖，充滿活力，牠們現在已經不需要爲小羔羊們操心勞神，可以爲自己考慮其他事情了。

地上開始結霜，讓牠們興奮的季節來臨了，這是牠們建立家庭的好時間，牠們已經決定要尋找自己的伴侶，因此，這些羊就不停地旅行，走過那些小山上有

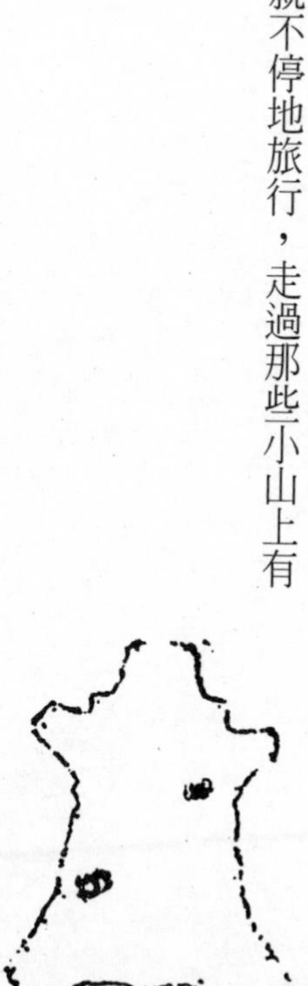

可能實現牠們願望的各個地方。

在夏天的時候，牠們有好幾次都曾在遠處看到一兩隻公羊，但當牠們互相交換過信號以後，就明白了對方，並儘量避免與對方爲伴，因爲那是夏天。但現在已經是冬天，情況應該不同了。

牠們看見兩隻大角山綿羊，就向牠們發出平常的詢問信號，對方似乎並沒有希望迴避的表示，那兩隻高個子的山綿羊向牠們走過來了。牠們的體型很大，頭上兩隻彎彎的羊角也非常大，毫無疑問，牠們是雄性，而且爲自己的榮譽和能力感到非常驕傲，昂首闊步地走過來了。

雖然長釘角和牠的羊群其實都很高興，但牠們必須顯示出一種非常害羞的樣子。牠們轉過身去跑了起來，似乎是要避開這兩個陌生的傢伙。這讓牠們這兩個客人立刻向牠們追了過來。這兩隻公羊瘋狂地向牠們追了過來，把牠們逼到角落裡，進行非常隆重的軍事演習，而在結束這場演習之前，牠們決不允許那些小羔羊加入到牠們中間，而不可避免的吵鬧聲也非常強烈。

那兩隻新來的大公羊到目前爲止還一直都是好朋友，牠們無疑是親密的夥伴，但是親密的夥伴和愛情的對手是不能同時共存的。這是個古老的故事——嫉妒的痛苦，尋找理由挑戰、決鬥。但這些決鬥通常都不會傷害對方的性命。兩隻公羊互相挑戰，羊角重重地撞擊在一起，直到角上迸出的碎片向四面八方飛去。但是，在鬥了幾個回合之後，其中的一隻公羊，也就是體重較輕的那一隻，正如預料的那樣，被對手掀翻在地，然後立刻跳起來趕緊逃跑了。另一隻在後面緊追不捨，跑上四分之一英里遠後停了下來，因爲牠並不想繼續戰鬥。勝利的公羊非常驕傲地回來了，其他所有的綿羊都允許牠佔據那個顯赫的位置，盡情享受伊甸園的快樂。

克拉格和皺紋角都被忽略了。牠們非常敬畏那隻巨大的公羊，牠現在正統領著牠們。牠們隱隱約約地覺得自己必須盡可能地遠離這些成年綿羊，絕對不能打擾成年綿羊現在正在忙碌的那些事情，只有這樣牠們才是安全的，因爲牠們對自己目前的處境還是不很清楚。

冬天剛開始的時候，那頭公羊開始領導著牠們。牠長的很高大，很帥氣，對跟著牠的女伴也很忠實，但牠也比較自私，留心挑揀最好吃的食物，對外面的危險時刻保持警覺。食物是非常充足的，因爲這隻公羊非常清楚哪裡有更好吃的東西，牠不把牠們帶到那些隱蔽的峽谷中，因爲那裡的雪很厚，草都被蓋住了。牠帶著牠們向上走，走到很冷的山嶺上。在那裡，冬天裡寒冷的大風吹走了地面上的雪，把上一年的草都暴露出來。而且在這樣的地方，任何向牠們靠近的敵人都會被看得清清楚楚。因此，牠們生活得很好。

10

春天來了，春風的呼喚讓牠們非常興奮，因爲春天會帶來豐美的水草，牠們已經很長時間都沒有吃到好吃的東西了。在冬天剛過一半的時候，牠們根據約定俗成的法則，和大公羊分開了。那時候，牠們總是很擔心這隻公羊會離開牠們，這種感情曾經持續了很長時間。牠越來越少爲牠們尋找食物，有時候甚至能在很遠的地方耽擱上好幾個小時。直到有一天，牠沒有再回到牠們身邊。也就從那天起，直到冬天結束的時候，牠們都像從前那樣，跟著長釘角。

大約在六月開始的時候，又一批小羔羊出生了。許多母綿羊都至少有兩個孩子，但是長釘角卻只有一個孩子。剛開始，長釘角生下一隻小羔羊。小傢伙名叫菲傑特，牠一出生就把克拉格從牠們共同的媽媽旁邊永遠地趕走了，長釘角所有的注意力都集中在牠身上。甚至是當牠正在履行領導職責時，這個小傢伙也要來打擾牠。

有一天，長釘角正在給菲傑特吃奶，看著牠幸福地搖著尾巴，另外一隻綿羊突然拉起了警報。除了小菲傑特外，所有的綿羊都立刻靜靜地站著。牠從長釘角跟前走過，遠處立刻響起了槍聲，菲傑特倒在地上死了，長釘角也驚叫了一聲跌倒在地。但是牠立刻就站了起來，忘了自己身上的傷痛，看著自己周圍的一切，瘋狂地尋找著自己的小羔羊。牠跳到山梁上，跟上其他羊。

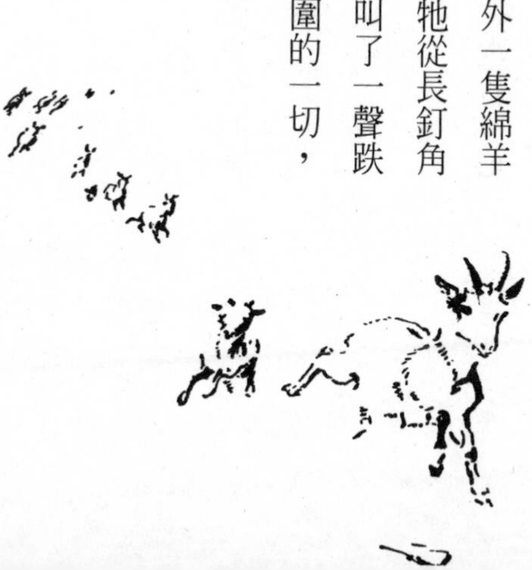

砰的又是一聲槍響。這隻母綿羊瞥見牠的敵人——那個曾經離牠那麼近，想要抓住牠的孩子的那個人。斯柯堤追著走了很遠的路，子彈繼續呼嘯著在長釘角的鼻子前擦過。牠跳了回來，改變路線，離開了其他的羊，然後跳過山梁，叫上牠的大孩子克拉格，讓牠跟著牠。牠的這個孩子也正大聲地叫著。

長釘角很痛苦，因爲牠被子彈打中了，傷得很厲害。但是牠繼續奔跑著，跑向低處一個滿是岩石的地方，中間是一塊高地。牠跑下山谷，到了遠處的山脊，完全沒有讓其他人看見。牠隱藏得非常好。斯柯堤用盡全身力氣跟著跑上山梁，但還是沒有看見牠。但他突然看見地上的血跡，就咧著大嘴咯咯地笑了。然而，這些血跡很快就看不見了。他非常努力地想跟上這些符號，但過了很長時間還是一無所獲。最後他不得不放棄，詛咒著自己的壞運氣，回到那些他已經殺死的犧牲品那裡。

長釘角和牠的大孩子逃跑了，母親指引著前進的方向，孩子卻走在前面。長釘角的本能告訴牠說，上面才是安全的方向。到崗德峰上去，牠必須回到那裡，但不能讓人看見。因此牠掙扎地上去了，儘管身上還有嚴重的傷口，但牠總是走在兩個山梁中間，直到上了最近的那個山梁，牠才停下來看一看。牠沒有看見牠的任何一個朋友，也沒有看見牠的敵人。牠感覺到自己的傷口是個致命的傷口。牠必須趕緊走，以免耗費掉所有的力氣。

牠又一次跑了起來，向上跑到比較高的地方，牠的孩子有時候跟在牠後面，有時候跑在牠前面。牠們一直這樣跑著，直到來到那個標誌著樹林的安全線上。然後，牠們繼續向上跑，牠的本能驅使牠繼續這樣走。

攀登過一個高高的山梁後，克拉格看見一條長長的白色帶子，這個帶子處在一個深深的峽谷中，那是被風吹過來的一片雪，現在仍在那裡逗留。牠滿懷渴望，向那裡跑去。

牠的母親是如此的冰冷和安靜，腰上有一個很痛的傷口，痛得像是在燃燒，牠的身體兩側各有一個黑色的血斑，那就是那顆致命的子彈穿過牠身體的地方。牠渴望有什麼能讓牠涼一點，牠渴望冰涼的撫摸。牠剛到了那片白色的大地補丁上，就側著身子倒在地上，傷口正對著白雪。

這樣的傷口只有一個結果：再給牠兩個小時的生命，最多三個小時。然後呢？哦，牠再也不用擔心了。

那個小傢伙呢？牠默默地盯著媽媽。牠不明白發生了什麼事。牠只知道自己現在又冷又餓，牠本來可以從媽媽那裡得到所有牠想要的東西：食物，溫暖，指導以及憐惜，可是媽媽現在卻是如此的冰冷和安靜！

克拉格不明白這究竟是爲什麼，也不知道下一步應該怎麼辦。但我們可以猜測到——牠一直都很迷惑，牠肯定也是要被某個東西結束生命的，這是一個不可避免的結果，是遲早都要發生的事情，發生的早晚要根據牠的力量定奪。那個落在岩石上的大烏鴉也知道這些，牠正在等待著。

這隻小綿羊最後的結果，比牠的媽媽更好的一點是——實際上是比牠好得多——同樣的那個槍聲比這一次來得更突然，穿過牠的身體時也飛得更快、更加仁慈，讓牠立刻就失去了知覺，倒在牠媽媽的身邊。

11

克拉格終於又回到原來那個母羊群。牠現在已經是一隻漂亮又年輕的公羊了，比其他所有的母羊都高大。牠的羊角也長大了許多。皺紋角也長大了很多，像克拉格一樣重，但沒有牠那麼高，而牠頭上的角看起來似乎有毛病，那兩隻角很短，很厚，很粗糙。

秋天又來了，羊群大家庭重新團聚。那隻公羊又到牠們這個團隊裡來了，而且還出現一些克拉格沒有預料到的重新調整。牠開始意識到自己是一隻公羊，對這個羊群中的某些母羊很有興趣。那個大公羊出現的時候，仍然帶著牠彎曲的羊角和厚而粗壯的脖子，而牠來到這個團隊後所做的第一件事就是把克拉格從羊群中趕到一邊去。克拉格、皺紋角，還有其他三、四隻和牠們年齡相仿的小公羊都被匆匆趕了出去，因爲這是綿羊間的規矩。那些年輕的男性一旦到了成熟期，或者是接近成熟的時候，就必須離開羊群，開始依靠自己學習生活，正如一個青年離開家庭來到大學校園一樣。

在接下來的四年中，克拉格都過著一種流浪的單身漢生活。牠和其他五六個同伴在一起，慢慢地成了牠們的領導，因爲牠繼承了母親的聰明才智，並把這些智慧和自己豐富的經驗結合在一起，終於讓自己成爲一個成功的大家庭的父親。這也正是每一隻優秀公羊的最大的願望和最崇高的目標。

事實上，克拉格沒有伴侶並不是因爲牠比較挑剔。發生在牠身上的一連串事情，讓牠所有的努力都徒勞無功，牠很惱火，就仍然被留下來和牠的單身成員在一起。實際上，這確實是最好的解決辦法。在那個時候，要完成那件事情彷彿很困難，但這也爲牠最後的成功做了證明和鞭策，也正因爲如此，牠才能夠發展出自己最完善的驚人力量，同時還不會被責任義務以及家庭的快樂牽制和削弱。

每一年，那些單身公羊都變得更漂亮一些。即使是沉悶的皺紋角也變得更加高大和強壯，即使牠並不是一隻好看的公羊。在牠從來都不喜歡的克拉格跟前，牠從來都沒有占過上風。曾經有一兩次，牠用盡所有力氣，想把克拉格逼上最糟

糕的地方，甚至有一次還曾經把克拉格逼到懸崖的旁邊，但也因爲這些，牠受到了克拉格嚴厲的懲罰。也就是從那以後，克拉格不再接近牠，儘量遠離牠母親的這個養子。

但克拉格可以被看做是一種快樂的象徵。當牠跳向崎嶇的懸崖時，帶著爪子和墊子的蹄子剛好觸到下一個落腳點，牠像小鳥一樣在山巒間飛翔，嘲笑所有準備跟上牠的敵人。太陽光在牠的背後變換著色彩，閃爍著耀眼的光芒，像牠柔軟的肌肉悄無聲息的工作著一樣，光線也在無意間改變了山坡表面的形狀，讓牠更像是一個精靈，沒有重量、沒有絲毫對死亡的畏懼。但牠僅僅是一隻巨大的、有三百磅重的公羊，在牠頭頂的兩隻羊角上，有五個年輪的圓環。

這是兩隻什麼樣的角呀！那些被牠領導的單身公羊，羊角也各不相同，每一對角都能反映出主人的生活和天資：有一些很粗糙，形狀像半個月亮；有一些很厚實；有一些則很單薄。但克拉格的羊角捲曲的非常厲害，彎曲程度接近圓的四分之三，幾乎快要彎到一圈了，羊角上還有五圈標誌，這是公羊年齡的象徵，五

個圓圈標誌證明牠已經成長了五年，已經五歲了。第一個標誌在羊角頂端開始，那是牠在還是一隻小羔羊的時候形成的，長著又直又長的長釘，這些長釘曾經為牠在早期的戰鬥中立下了汗馬功勞。第二年，生長得更厚更長了。再接下來兩年，雖然長的長度稍微短了一點，但卻更加粗壯和結實。但最後一年的標誌卻長得和其他的都不一樣，因為增長的幅度更大了，更寬闊，也比其他的更清晰，充分表明牠吃到了良好的食物，身體非常的健康。

在這五年的皺褶下面，在兩隻最根本的、可以保護牠的生命的羊角影子下面，是牠兩隻美麗的眼睛，彷彿是因為太美了而不願暴露出來的珍寶一樣，在牠還是隻小羔羊的時候，這兩隻眼睛是深褐色的，牠一歲上下的時候，變成了黃褐色，而現在，也就是牠剛剛開始的最好年華時，又變成了閃著金子一樣光芒的大圓球，或者像是燦爛的琥珀，每一隻眼睛都有一定深度、又長又模糊的黑暗。透過這兩隻眼睛，整個明亮的世界誕生了，真實地投射到牠的大腦上。

對於那些真實的、有生命的事物來說，活著或是身體的各個部位還能感覺到自己的生命的快樂，遠勝於其他所有的快樂。現在對克拉格來說，能在和牠的朋友們玩耍的時候，伸開牠完美的長腿給牠們一個驚嚇，總是讓牠非常高興。除此之外，其他還有許多讓牠感到快樂的事情。比如，牠把腳壓在某個貧瘠的岩石上，然後飛快穿過一個可怕的裂口，飛過一段幾乎不可能的距離，跑到另外一個山脊上，而這個山脊的大小和距離，牠早已經丈量的十分精確了。牠還喜歡戲耍大山裡的獅子，牠從一個岩石上飛快地跳上另一個岩石，牠的跳躍非常柔軟、非常圓滑，或者不停地轉彎，擺動著牠黑色的尾巴，飛跑回牠們自己的地盤，也就是那些雜亂的後方，比較低平的地方。獅子累的精疲力竭，最後還是一無所獲。牠的每一個動作都能給牠帶來某些小小的快樂，煥發著青春活力的力量歸結爲一點，這就是牠美麗的所在。

這樣一個完美的精靈在冬天開始到來時，開始燃燒起愛的火焰。牠更加躊躇滿志，精神抖擻，實際上，牠是一隻很值得欣賞的高貴精靈。在力量和權利都希望被實現的願望中，牠彈跳著，像皮球一樣，上上下下來回奔跑，在粗糙的山坡上盡情享受著生活的快樂。牠能跳六英尺高，在這樣的跳躍中，普通的羊可能很快就跌得粉身碎骨，失去生命，但克拉格喜歡這樣，喜歡在這樣的跳躍中獲得那種快樂。克拉格就這樣走著自己的路，一邊走一邊尋找著什麼東西，牠在找什麼呢？牠自己也不很明白，但牠知道，當牠找到時，就會知道那是什麼。牠帶著羊群，自己走在前面，走得飛快，直到牠們遇見另一群羊走過後留下的足跡。

在本能的驅使下，牠跟上這些腳印。跟了大約一兩英里，牠看見前面的那個羊群。那是一群母羊。牠們理所當然地逃跑了，但卻被牠們逼到一個粗糙的山梁上，無路可逃。這些公羊站在那裡，然後舉行了正當的儀式，接著，母羊發出信號，允許公羊們向牠們靠近。

大角綿羊遵循的並不是一夫一妻制。長得最漂亮的公羊公然佔有所有母羊，把牠們統統當做自己的妻子。對於這種佔有，只要有任何一點質疑或者是不服從，牠們就會在現場決一死戰，拼個你死我活，最終再把事情確定下來。雖然一直到現在，公羊中還有一種良好的夥伴關係，但目前，這種親密的關係被改變了。偉大的克拉格向前跳了出來，向其他公羊吼叫了一聲，公開向牠們挑戰，證明自己的巨大能力。其他公羊沒有一個敢正眼看牠，沒有一個敢接受牠的挑戰。這很奇怪，克拉格這樣多次向牠們挑戰，卻沒有一個敢應戰，其他公羊自願聽憑牠的驅使，讓牠隨便挑選任何一個牠所喜歡的母羊，向牠所征服的這一大群母羊奉獻殷勤和體貼。

如果就像人們所說的那樣，美麗和本領在所有動物的生活中是贏得比分最重要的東西，那麼，克拉格一定曾經是牠那群羊崇拜的偶像。因爲和那些公羊相比，牠彷彿是一個奇蹟。在那些母羊當中，牠的力量、體格以及牠彎曲的羊角，讓牠成爲牠們崇拜的對象，崇高的榮耀和滿溢的獎盃是屬於牠的。

但是，在歡樂開始後的第二天，牠正要操縱這一大群綿羊時，突然來了另外兩隻大公羊。其中一隻是很漂亮的大傢伙，身體和克拉格一樣重，但牠的角卻小了很多。另外一個，是的，肯定是，那是皺紋角。這兩隻公羊向牠們靠近，鼻孔裡發出挑戰的怒吼，然後用腳跺地，意思是：「我比你好得多，你得給我滾出去，你現在這個位置應該是我的。」

克拉格的眼睛閃著亮光，搖了一下牠結實的脖子。然後就上上下下地搖著自己的下巴，像一隻急不可待的戰馬，又搖搖牠巨大的羊角。牠把耳朵向後擺，接受了牠們的挑戰。牠跳起來衝向牠的敵人。

啊！牠們撞到了一起。但新來的陌生人佔據了有利地勢，最終使牠們的第一回合成了平局。

兩隻公羊都向後退，審視著對方，測量著距離，尋找堅固的立足點，繼續站在那個偉大山梁的邊緣，然後，鼻子發出一聲吼叫！牠們又開始戰鬥了。牠們的角又撞在一起了！角上撞出了許多碎片，向四面八方飛去。牠們都正處在生命的鼎盛時期。但是這一次，克拉格很明顯地佔有優勢。牠利用自己的有利形勢，立刻又向那隻公羊撞去。在一個很短的範圍內，牠們頭對著頭，身子扭曲著，牠的左角被敵人的右角掛住。

在這時候，突然有什麼牠不知道的敵人從側面狠狠地撞到牠的腰上。牠被旋轉著，因爲牠的角和敵人的角扭在一起，才沒有摔到懸崖下。就這樣，牠沒有死掉，牠得救了。

沒有任何一隻公羊腰部的力量強大到足夠對付另一隻公羊頭的撞擊，但克拉格又一次爬了起來，而且剛好看見這個新來的敵人因爲用力過猛，一下子越過山梁向下衝去。

這個敵人撞到遠處的大石頭上，牠正是皺紋角。花了很長時間，這個撞擊聲才告訴山梁上的那些公羊，是皺紋角自己製造了這起謀殺案。公羊之間的戰鬥被認爲是兩隻公羊之間公平的競爭。皺紋角在公平競爭中失敗了，牠就違背通常的準則，起了歪主意，終於導致了牠自己的毀滅，因爲其他的那些公羊堅決要懲罰牠，全都跑過來向牠身上亂踢，即使是比牠更強壯的羊也不能在岩石上經受兩百下重創的。

現在，克拉格的憤怒增長了一倍，牠轉向另一個敵人。再一回合，這個陌生人就被摔倒在地上，被克拉格打敗了。陌生羊站起來，逃跑了。有一會兒，克拉

格讓牠繼續戰鬥，用的方式是皺紋角曾經用來迫害牠的那一種。但這個壞蛋不敢再繼續和牠戰鬥，一溜煙地逃跑了。克拉格帶著勝利的喜悅轉過身來，與牠的家庭繼續過著幸福的生活。

12

一八八七年，斯柯堤離開了牠在煙草河上的那個棚子，因為在這裡打獵越來越困難，綿羊已經非常稀少了，克羅拉多州興起的淘金浪潮吸引了他，於是他就向南方走去，那個舊茅屋也就被遺棄了。克拉格成為公羊的首領已經五年了。在這五年中，羊群有了一個天才領袖領導，而且牠們最大的敵人也不再構成威脅，因此，在這五年中，綿羊的隊伍不斷壯大。

克拉格把牠母親所遵循的那個古老思想發展得更極致。牠教育羊群完全放棄那些低處的地方，因為那些樹林裡也有很多敵人，唯一安全的地方就是那些開放的草地，在這些地方，風掃過山峰，獅子和拿著來福槍的人想要接近牠們時，就無法逃過牠們的視線。牠還在高地發現了不止一個有鹽可以舔的地方，在那裡，牠們本能的需求可以得到滿足，而且還不用到危險的低處去；牠們以前曾經認爲在這種情況下就必須到低處去。牠教羊群永遠都不要離開山梁的頂部，要一直走走在邊緣上，這樣就可以向下看到兩個方向，而且還不須明顯地暴露自己的行蹤。牠自己還發明了一個非常有效的安全辦法，那就是「藏」起來。如果獵人剛好離一群羊很近，並且這群羊之前沒有看見牠，古老的辦法是立刻衝向安全的地方——在人使用弓箭或者甚至是來福槍的時候，這個辦法絕對算是一個好辦法。但現在，能夠連續射擊的來福槍則與過去的武器完全不同。克拉格自己已經明白，而且也已經告訴牠的同類，當發生這種情況的時候，一定要蹲在那裡，臥著一動不動。在大多數情況下，這種計策能夠阻止那個拿槍的人靠近牠們，克拉格已經發現過無數次這樣的情況了。

當一個兇狠的敵人已經到了羊群之中，立即開始奔跑往往是一個好計畫。克拉格為這些大角羊標出了一個更高的底線。牠的孩子的數量大大地增加了，全都生活在崗德峰附近，而且一直向東延伸到了肯塔勒。牠們比以前任何一個時候的大角羊都健康，也更加聰明，正因為如此，牠們的數量才能持續穩定地增長著。

從克拉格的外表上看來，五年的生涯已經使牠有了一些改變，但牠的身體還像以前一樣結實，身上的肌肉也和以前一樣強健有力。牠完美的腿似乎在形式和力量上一點改變都沒有。牠的頭也還和從前一樣，在牠的鼻子上有一塊心形的白色斑點，牠珍珠一般閃閃發光的眼睛還和從前一樣。但是牠的角，這兩隻角的變化太大了！在從前，牠們還很普通，但現在，卻變得非常獨特了。彎曲得非常厲害，這是牠生活中不可磨滅的紀錄，它們現在已經轉了一又四分之一圈了。牠們標明了幸福的歲月和衝突的年代。有一年，有個新的狹窄黑色帶子出現，使角起了皺紋，這講述了那年發生的事情。那一年，所有的羊都受到了流行性感冒傳染的禍害，許多小羔羊和牠們的母親們都死掉了，許多強壯的公羊也倒下了，克拉格自己也受到感染，還很嚴重，但牠後來終於恢復了，這要歸功於牠堅強的意志、強健的身體，以及天然的力量。在熬過了那段辛酸的日子以後，那樣糟糕的歲月再也沒有在牠的角上顯示出來。那一年，也就是一八八九年，這兩隻角僅僅只在寬度上長了一英寸。對那些能看懂這種羊角的人，是個需要特別記錄的一個時間點。

13

最後，斯柯堤回來了。像所有住在山裡的人一樣，他是個徘徊不定的流浪漢。他在淘金浪潮中沒有獲得成功，只好回來了。他又一次回到煙草河旁的那個小棚子。棚子上用草皮做成的屋頂塌掉了，但他不願意修補，不管怎樣，他想先去尋找前途。他取下來福槍，尋找那片熟悉的高地。在他還沒有回到棚子之前，就看見兩大群山綿羊，這讓他下定了決心。於是他花了幾天時間修補小棚子，亞克因卡克的詛咒又回來了。

斯柯堤現在已經是一個中年男人了。他的手強勁有力，非常穩定，但他的眼睛已經喪失了以前的敏銳。年輕的時候，他瞧不起所有幫助視力的東西，但現在，他帶了一副小型望遠鏡。接下來的幾個星期，他就透過這個望遠鏡看見了無數的山梁，也有許多次，他的眼睛就停留在克拉格巨大的體型上。克拉格現在有了另一個名字：崗德山上的公羊。當斯柯堤第一次看見牠的時候，驚叫著：「天哪，這是什麼樣的角呀！」隨後他又預見性地補充了一句話：「這是我的了！」然後，他就著手準備這件事情了。但是一個月又一個月過去了，他從來沒有在近處看見過那隻巨大的公羊。而那隻公羊卻曾經不止一次地在很近的距離內看見過他，但他從來都不知道。

有好幾次，斯柯堤透過望遠鏡從遠處爲克拉格做了標記，然後又非常辛苦地趕了好幾個小時，暗中追著牠到了那個地方，卻發現牠早已經走了。有時候，牠的確已經走遠了，但也有幾次，斯柯堤不知道這隻公羊就在他旁邊，克拉格卻在暗中觀察著牠的敵人。

後來，有一個人來到棚子裡拜訪斯柯堤，他叫李勒，是一個養牛人。他原本是一個運動員，喜歡狗和馬。在山裡打獵的時候，他的馬根本派不上用場，但是他有三隻獵狼犬，這三隻漂亮的俄羅斯狼狗一直跟隨著他。他向斯柯堤建議說，用這些狗來追大角綿羊一定是個好主意。

斯柯堤高興地笑了。「我猜想你是從平原上來的，夥伴。等一下你就會看見老克拉格四處遊盪的地方了。」

14

亞克因卡克河發源於崗德峰南邊，在這條河離開這座大山的地方有一個巨大的峽谷，叫做司肯科勒峽谷。在這片廣闊而滿是花崗岩的小山上，這僅僅是個裂口，但卻至少有五百英尺深。從崗德峰的背面向南，有一片斷斷續續的高地，一直通向這個峽谷的某個地方，在一個長長的隆起處越過了那條奔騰且深不見底的溪流。

這片高地是山綿羊活動的好地方。一個偶然的機會，斯柯堤和李勒帶著他們的三條獵狗來到這個地方，遠遠看見了那隻崗德山上的公羊。這兩個人匆匆忙忙地趕向那個洞，向那隻羊剛才站立的地方跑去。但是，這還是那個被重複了很多次的老故事又重演了，他們根本沒有看見他們苦心尋找的獵物。他們發現了牠的巨大腳印，就在剛才看見牠的這個地方，因此這絕不是幻覺。但在附近堅硬的岩石上，他們再也看不到其他任何訊息，毫無疑問，這隻羊又一次神秘的消失，並被添加到斯柯堤的紀錄上了。

那幾條獵狗用鼻子四處在附近的洞以及低矮的白樺樹灌木叢中聞著。牠們突然大叫起來，與此同時，一隻巨大的、灰色的、帶著白色尾巴的動物跳了出來，正是那隻公羊，那隻神奇的崗德山上的公羊。牠越過矮小的灌木，穿過雜亂的岩石，跳著、滑翔著、飄動著，很柔順，眞是一個值得欣賞的景象。牠的頭上有兩隻非常巨大彎曲的羊角，簡直是個奇蹟，像一位小姐耳朵上帶的圓耳環一樣輕盈。然後，從其他各個隱蔽處，牠的羊群跳了起了，和牠匯合在一起。槍聲響了，連續地射擊著。但立刻，那三隻離牠們很近的偉大獵狗，很不明智地爲犧牲品做了掩護，自己卻正對著那些子彈，這些子彈原本是毫無疑問地確定好了目標的。後來，槍聲就再也沒有響過了。

那些羊都跑遠了，那隻公羊跑得非常快，領著這一大群羊，其他的羊都在牠後面奔跑跳躍著。在高地的那一邊，飛翔著、滑著、跳躍著，突然掉轉方向，牠們走遠了。在平坦的平地上，那幾條狗也許能捉住最後面的，或者也許是最高貴的獵物，但在這崎嶇不平的亂石叢中，很明顯，綿羊占了有利形勢。

這兩個人跑過來，一個向左，一個向右，保持著更好地視線。克拉格從山峰上掉轉路線，向南邊衝過去，越過小山梁。現在是直接追逐了。繼續，繼續，一直向南。獵狗占了上風，現在已經要追上最後面的那隻羊了。然後，那隻公羊似乎正跑向最後方。牠們到了一個粗糙的、延伸出來的地方，在那裡，山綿羊穩定地贏得優勢，雖然很少，但畢竟占了上風。

一英里，兩英里，三英里，這場追逐橫掃亂石山梁，在司肯科勒峽谷突兀的開口處停了下來。又過了一分鐘，那群狗就上來了，牠們被圍了起來，被逼到了那塊最後的岩石角落裡。牠們驚恐地聚集在一起，周圍是五百英尺深的大峽谷，而身後就是那幾隻兇猛的獵狗和兩個拿著槍的歹徒。又過了幾秒鐘，克拉格突然跳了起來。既然被逼到了絕路上，牠希望拼死一戰，因爲野生動物從來都不會認輸。

現在牠離那些奔跑過來的狗還很遠，因此，兩顆來福槍的子彈呼嘯著向牠飛了過來。對付那兩隻狗，牠一點兒都不害怕，牠可以戰鬥，但對付這些來福槍，牠是必死無疑的。很多事實都已經證明，即使是花崗岩的岩石做成的牆，也沒有人類這樣的敵人堅硬。

現在，那幾條狗已經離牠不到四十英尺遠了，這些優秀而勇敢的動物，熱切地希望戰鬥，根本就不害怕死亡。在牠們後面的是那兩個獵人，冷酷無情，還堅持不懈，已經感覺到勝利在望，洋洋得意了。克拉格看來要死在牠們手中，或者

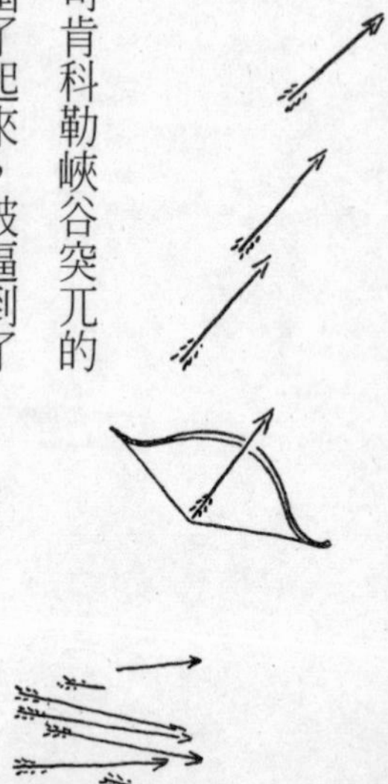

葬身峽谷了。

再也沒有猶豫的時間了，牠，也就是這個羊群的領導，必須採取行動了。牠衝向邊緣，跳了起來。下來，下來，不要掉到底部，不要看錯目標。牠往向下跳了三十英尺，越過了這個讓人眩暈的裂口，這是一塊小小的岩石伸出來的部分，還沒有牠的鼻子大，這是牠唯一可以看見的東西了，所有的其他東西都是光滑、透明或者延伸的。但克拉格完美地著陸了，牠鎮靜了僅僅一個心跳的時間，立即瞟了一眼，就看見了另外一個點，牠唯一的希望是在另一面，藏在一個突出來的岩石下面，牠曾經從那塊岩石上跳下來過。牠柔軟的腰和繃緊的腿彎曲了，心跳加速，牠立刻就飄了過去，在那裡又得到新的支點，讓牠繼續飛行，然後向後，有時到一顆粗糙的岩石上，在那上面，牠的蹄子和角的橡皮結構讓牠緊緊黏在上面，隨後又立刻彈跳起來，到了另外一個點上。然後向另一邊跳十五英尺，向下、向下，從一點到另一點調整姿勢，最後往下落二十英尺，牠終於到達很遠的一個岩石上。

其他山綿羊受到了牠的鼓舞，很快就跟上來了，形成一個長長的山綿羊瀑布。如果牠曾經在某個點失敗了的話，其他所有的綿羊都可能死掉。但是現在，在牠的帶領下，牠們都下來了。這眞是一個壯觀的景象，眞讓人歡欣鼓舞！跳著、跳著，牠們都下來了，一個接一個的，現在已經下來十英尺了，現在已經二十英尺了，從第一個到最後一個，牠們跳躍著、滑翔著，從一個點飛躍到另一個突出的地方，再從這個突出的地方飛躍到另一個點，牠們的肌肉和精明的蹄子精巧地命令著絕妙的平衡姿勢，指導著絕對的成功。

但是，當最後一隻綿羊剛剛到達第二個細長的、斑點一樣的落腳地，希望拯救自己的生命時，三隻黃白相間的動物呼嘯著在空中越過了牠，帶著恐怖的嚇嚇喘息聲，希望毀滅遠處較低地方的那些山綿羊。

那些獵狗既兇猛又勇敢，在追逐敵人的時候從來沒有猶豫過，也從來不知道牠們所追逐的那些獵物比自己多出了多麼多的智慧，當牠們明白這一點的時候，已經太晚了。克拉格下到下面，幾乎已經到了水的邊緣後，終於停了下來。在遠

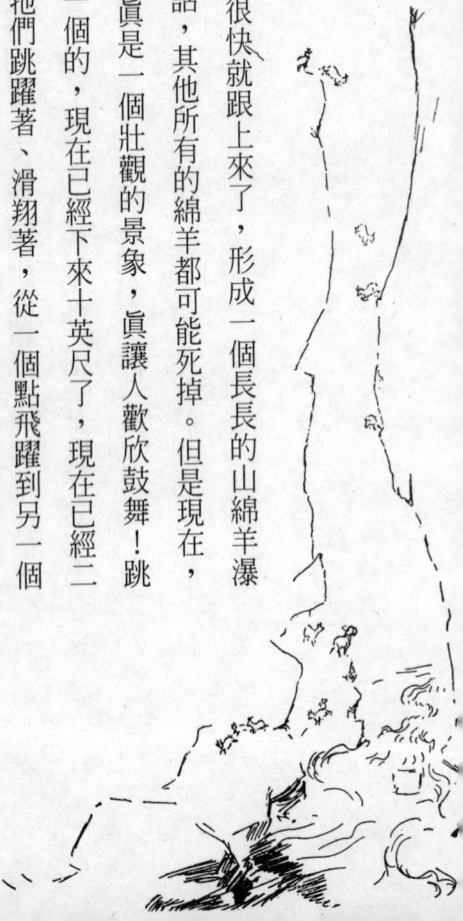

遠的高處，牠聽見獵狗和人的大叫聲，還有槍聲。在下面，在像開了水的水龍頭一樣的亞克因卡克河裡，牠看見幾個重重地敲擊過地面後的黃白相間的形體，正匆忙投了進去。

李勒和斯柯堤毫無表情地站在那裡。綿羊和獵狗都消失了。對這些山綿羊來說，本不應該有逃跑的可能，斯柯堤詛咒著，對這個結果無法容忍，他惡毒地咒罵著，言辭苛刻，都是一些褻瀆神靈的話。

李勒已經說不出話來，他的喉嚨彷彿被什麼東西梗塞住了，覺得沒有人可以理解他的悲傷。一個非常愛狗的人在突然間損失了他最優秀的獵狗，誰能理解他的心情呢？這眞是一場悲劇！那是多麼可愛的生命呀！三條優秀的獵狗，就這樣悲慘地結束了生命。

「布朗！魯盧！艾達！」他還帶著希望，呼喚著心愛的獵狗，但在西邊吹過來的風中，卻只有一個回答，那就是公羊的叫聲。這陣風橫掃司肯科勒峽谷，公羊的叫聲就是這陣風吹出來的口哨聲。

15

李勒是個年輕人，衝動，熱心腸。有一兩天，他一直徘徊在棚子附近，想念著他心愛的獵狗。他損失了三條心愛的獵狗，這對他來說是個很大的打擊，他再也沒有心思從事登山活動了。但過了幾天，好天氣幫助他恢復了活力，斯柯堤建議出去打獵，他同意了。他們到了高處的一個平地上。斯柯堤不時用他的望遠鏡觀察著各個山頭，他突然說：「哎呀！那個老崗德山上的公羊在那兒。我還以爲牠早就在司肯科勒峽谷摔死了！」

他坐了下來，感到非常奇怪。李勒拿起望遠鏡，仔細地看了看，從那對非常特別的羊角，他認出了這隻神奇的公羊。他立刻氣得滿臉通紅，現在可是一個絕佳機會。馬上報仇！

「可憐的布朗！我親愛的魯盧和艾達！」

很少有動物能狡猾到對付人類的共同驅趕和埋伏。斯柯堤瞭解這片土地，也熟悉公羊的習慣。

「牠不會向著下風處跑，也不會離開那些岩石。這也就是說，牠必須經過崗德峰。所以牠必須走東邊或者西邊。我曾在西邊那條路上被牠看見過一次，所以牠不會走西邊的那條道路。因此，你要從東邊走，我估計大概兩個小時你就可以到那個地方了。我想牠應該會奔跑著穿過那道山梁上。

李勒開始朝他們預定的目的地跑去。斯柯堤等了兩個小時，然後走到一個高處的山梁上，對著太陽，好讓那隻公羊能清楚地看見他。然後，他向李勒揮著手，上上下下走了幾次。他還沒有看見那隻公羊，但斯柯堤知道他一定會看見牠。

然後，這個長居山裡的人就開始盤旋著走回來，他選擇比較隱蔽的路向南走，一邊走一邊越過那些山梁，向著他曾經看見那隻公羊的地方走。他沒有要看見克拉格的打算，但確實希望那隻公羊能夠看見他。

李勒用了很短的時間就已經到了目的地，他看見了那隻公羊輕盈地跑下一個山梁，離他有一英里遠的距離。緊跟在牠後面的是三隻母羊。牠們在下面一個松樹圍起來的洞附近消失了。後來，牠們又出現在下一道山梁上，牠們奔跑著，彷彿受了驚嚇，耳朵都向後面倒著。

也就在那個洞的後面，正如李勒所預料的那樣，出來的不是斯柯堤的來福槍射擊的聲音，而是樹林裡的狼。這些狼一起追了出來。在岩石間，那些山綿羊可以輕鬆地逃跑，但在樹林子裡，或者是像現在這樣的平地上，佔據有利形勢的就是那些狼了。不到一分鐘時間，已經能夠看見這些狼了，那是五隻長著粗糙毛髮的發怒野獸。牠們以極快的速度跑過前面的開闊地：前面最遠處的是那隻公羊，在牠後面約十碼遠的地方，是那三隻母羊，而在牠們最後一個的後面四十碼的地方，就是那五隻殘酷的狼。這幾隻狼離最後面的羊越來越近，牠們每跳一次，都離綿羊更近一點。那個山梁向東變窄，穿過一個滿是岩石，長得像肩膀一樣的地方。

長年的生活和無窮無盡的危險已經讓那些山綿羊懂得在岩石中才是安全的，

那隻公羊把牠們領向了那條路。但是在互相纏繞的高地白樺樹中，落在最後的那隻母羊正在持續落後，牠氣喘吁吁，被一條捲曲的樹根絆住，與狼之間的距離縮小了。狼幾乎已經只差一跳就可以搆著落後的那隻母羊了。

這個時候，克拉格上到了那個肩膀山梁上。但是那就意味著下面有溝壑峽谷。就在那個沮喪的母羊呼叫的時刻，克拉格衝上那個狹窄的山梁，回頭面對牠的敵人。牠站在一邊，那三隻母羊跳著從牠身邊跑過去了，到了安全的地方。然後，這些狼就上來了，勝利地大吼一聲。牠們曾經殺死過許多山綿羊，現在牠們已經知道自己馬上就可以好好地吃上一頓了。牠們一刻也沒有耽擱，立刻就圍了上來，但在這樣一個狹窄的地方，一次只能通過一隻狼。領頭的狼搶先跳了過來，但尖利的狼牙卻一下子咬住了克拉格堅固的巨大羊角，在羊角後面，有一股巨大的力量一直把頭壓向狼的身體，而且一下子就把牠扔向了牠後面的朋友。在克拉格扔這隻狼的時候，帶著一種讓人害怕的精力，讓這隻狼一下子就把牠的兩個朋友對著背後的懸崖撞了過去，重重地摔在後面的岩石上。剩下的狼又上來了。這隻公羊沒有時間後推進行調整，但牠那偉大的頭顱就足以對付牠們了。那兩隻羊角的頂端，現在正橫在前面，當牠還是隻小羔羊的時候，這兩隻角尖就已經是這樣了。

克拉格轉過身來正對著牠的敵人。牠立刻用這兩隻角一刺一扔就處理了這一隻狼，又及時對付了剛上來的另一隻狼。然後，克拉格找了一個機會後退，重新聚集力量。除了一隻發瘋的狼無視於牠的警告外，其他的狼都不敢再上前來了。這個瘋狂的傢伙上來了，克拉格帶著決一死戰的野蠻決心，準備在這個危機關頭放鬆自己，迎戰最後一隻暴怒的怪物，只一個重擊就把牠對著平坦的岩石地區摔了過去，然後又用角把牠挑起來，就像對付一件破衣服一樣，把牠扔到最遠處。然後，牠站在邊緣，看著這隻狼痛苦地旋轉著、喘著氣，直到掉進下面的峽谷。

這隻偉大的公羊昂起了牠卓越的頭，從鼻孔裡吹出一條長長的氣流，像馳騁疆場的戰馬。牠盯著那幾隻狼看了一會兒，看看是不是還有狼要上前來。然後，牠就轉過身，在如此有力地保護了那三隻母羊之後，輕盈地跑開了。

李勒從牠藏身的地方驚奇地睜大眼睛觀看了這整個場面，所有這一切都遠遠超出了老斯柯堤最野蠻的講述。李勒這一天看見的這件事情攪動了他的想法。他感覺到自己不再想結束這樣一個優秀的生命了，但他不願意直接說出來。他坐在斯柯堤的棚子裡，眼睛裡閃著光芒，興奮地說：「你這個老獵人！我不在意你殺死了我的狗。你做得很好。我從來都沒有傷害過你。想想吧！你應該到安全的地方去。」

但那隻公羊永遠都不知道這些，斯柯堤也永遠都沒有明白他的意思。

16

有一種很不幸的人，對旁人的勸告無動於衷，心裡只想著要去贏得一個名聲，不惜為此去摧毀世界上最美麗的建築。這也是這個一心想著捕殺野生動物的斯柯堤的想法。高貴的事物被他摧毀了，這種事情做得越大越多，他就感到越高

興，也就更加認爲自己可以贏得榮譽。

在接下來的幾年中，有好幾個獵人都曾經看見過那隻偉大的公羊，牠那兩隻不平行的羊角讓他們的眼睛爲之一亮。這隻公羊的名聲甚至已經傳到了城市裡。在這個奇妙變化中，商人們提供大量的錢財，懸賞購買長著這樣的角的山綿羊的頭，牠們爲長著這樣優秀的兩隻羊角的那個活生生的生命，亮出了沾滿血腥的金錢。因此，許多獵人來到這裡，嘗試他們的運氣，但他們都失敗了。斯柯堤從來都很嚮往這些金錢和榮譽，他的慾望現在更被這誘人的價格燃燒起來了。牠開始著手準備這件事，再次和他的夥伴們一起出發了。他們再次發現了這隻山綿羊，牠帶著牠的一大群妻子兒女。這些獵人們在非常辛苦地追了三天後，卻再也沒有看見過牠。斯柯堤的同伴們說：「我估計那些錢不是容易掙的。」然後就回家了。

但在斯柯堤險惡的灰眼睛後面，隱藏著頑固的堅持，這使得他必須和世界上的主宰進行競爭。他回到那個棚子，爲了長期而頑固的打獵做準備。他帶了許多東西，來福槍、毯子、煙袋，還有火柴、煙草、一個鍋、一大捆風乾了的鹿肉、三四磅巧克力。第二天，他就獨自一個人來到了某個地方，在那裡，他曾經見過那隻公羊的足跡，他在雪地上跟蹤這些腳印，四處尋找。這些腳印進進出出，克拉格的腳印被其他羊的腳印踏模糊了，但卻經常因爲牠巨大的尺寸，而可以被分辨出來。有一兩次，斯柯堤遇到了一些那個羊群曾經休息過的地方。他不時地用望遠鏡掃描著遠處，但什麼都沒看見。晚上，他看見了牠們的腳印，第二天，他就繼續跟著這些腳印。跟了幾個小時後，他到了一個地方，很明顯地，那隻公羊曾經在那個地方停下來，從遠處看著他，因此，牠認識了這個追著牠的人。從那時開始，那群羊的足跡很長一段時間都是一個單線，牠們沿著這條線向遠處的牧場出發。

斯柯堤頑固地跟在牠們後面，跟了一整天，到了晚上，他就蜷縮在一個小小的洞裡，像一隻野蠻的動物躲在窩裡，唯一不同的是他燃起了一堆火，以一種非常人類的方式吸著煙。早晨，他就像前一天那樣繼續追趕。有一兩次，他在很遠

的地方看見過那一群山綿羊正穩定地向南邊前進。又一天過去了，這群羊被他趕到了亞克因卡克河南邊的盡頭，剛好在白魚湖的北邊。

南邊是半月形的平原，在被切割得斷斷續續的高地東邊，向北延伸，就是富萊絲德的北岔口。在牠們北邊的就是這個羊群最頑固的殺手。這群羊現在拿不定主意要往哪裡走，克拉格忽然偷偷後退到低處的小山粱上，那是在東邊的山坡上。牠聽見了「砰」的一聲槍響，一個東西撞到牠的一隻羊角上，非常刺激非常疼痛，還從牠的肩膀上扯下了一些毛髮。

一顆來福槍的子彈碰到了克拉格的羊角上，克拉格迷惑了一會兒，然後就趕緊向牠的羊群發出了信號，用我們的話來說，這個信號的意思是：「各自逃命吧！」就這樣，這個羊群散開了。一些向這個方向跑，一些向那個方向跑，有些則在空地上奔跑著。

但斯柯堤一心想殺死克拉格，牠一點兒都不在意其他那些羊。這隻公羊徑直向東跑去，下了小山，斯柯堤就再次跟上了牠的腳印，追著這隻羊，嘴裡不停地咒罵著，喘著粗氣。

離富萊絲德河只有幾英里遠了。這隻公羊穿過了冰面，繼續向最粗糙的地方奔跑，隨著山路的蜿蜒，牠也跟著轉了方向。牠一整天都在向東北方向跑，斯柯堤則穩定地追在牠後面。第五天，牠們越過了特漓湖，斯柯堤認識這個地方。那隻公羊又向東跑去，很快就要跑進伐木工人的森林裡去了。然後，牠必須轉向，因爲這個地方是個像盒子一樣的峽谷，只有一條可以出去的路。斯柯堤不再跟著克拉格，他向北穿過這個隘口，下到了那隻公羊必須經過的地方。他坐在那裡等著。西邊是沁奴克。

風已經大起來了，吹了大約有一個小時或者更長時間，這是從落磯山脈上吹過來的潮濕的風，在這些小山上形成了雪風，當這陣風颳起來的時候，白色的薄片開始飛散。又過了半個小時，就來了一場讓眼睛什麼都看不見的暴風雪，連眼前二十碼處的東西都已經看不清楚了。但這場暴風雪持續的時間不長，只過了幾分鐘，最大的一陣風雪就已經過去了。又過了兩個小時，天空就又清晰可見了。

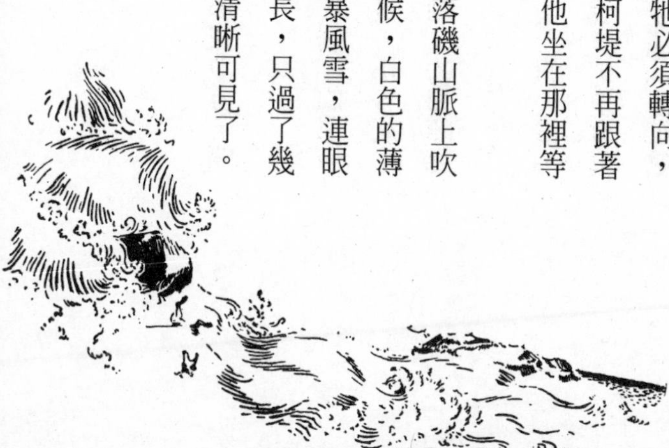

斯柯堤又等了一個小時，但他還是什麼也沒有看見。他離開等待的那個地方，開始尋找克拉格留下來的印記。

他發現了牠的腳印，一行腳印上稍微被覆蓋了一些雪，肯定是被剛才的那陣暴風雪覆蓋的，這些腳印在那道山梁下面的某個地方。現在非常清楚，那隻公羊已經過去了，斯柯堤卻沒有看見牠，牠在斯柯堤前又滑過去了。是剛才的那陣暴風雪和地上的雪救了牠的命。

哦，沁奴克！哦，親愛的西風母親！是你帶來了春天的甘露和冬天的大雪，讓草生長在這些偉大的、滾動的高地上，讓這些草繼續生長，保持新鮮。是你雕刻了這些高地，也讓所有生活在高地上的生命繼續生存。你僅僅是空氣的一陣噴霧，或者是像希臘和印度的智者曾經教育我們的那樣，是某種更好的東西。一個生命，一個有思想的動物被創造出來，然後你又關心和保護著牠。這所有的一切，都是您設計的嗎？控制住那隻狼一樣的人類野獸的眼睛，不讓他傷害最優秀最親愛的那一個野生動物，你是否在牠敵人的眼前特意前來保護牠？

17

斯柯堤想，這個公羊一直向富萊海德的東邊奔跑，肯定有一個目標，而這個目標也一定是想到達肯塔刺湖，因爲牠在那裡已經很出名，人們看見過牠許多次。牠今天可能一整天都要向西走，沁奴克這時候在牠的下方，但是，如果晚上風向改變了，牠肯定會轉向東邊。因此斯柯堤不再繼續努力跟上牠的腳印，也不再做標記，他徑直向北走，越過向著那個湖的分界處。第二天，斯柯堤掃描著他和那個湖中間的那片巨大空間，沒有看見下面有任何移動的東西。他立刻把自己隱藏起來，然後跑向中途可以攔阻到克拉格的地方。當他跑到了他看準的那個地方時，他小心地偷偷觀察著。就在那裡，離他五百碼遠的地方，在第二道山梁上，克拉格正站在那裡——那隻偉大的公羊。牠們彼此都清楚地看見了對方。

斯柯堤站了一分鐘，盯著牠，什麼也沒說。然後就叫了起來：「哦，老克拉格，我已經快被你累死了，你不能把我甩掉。不管付出什麼樣的代價，我都要得

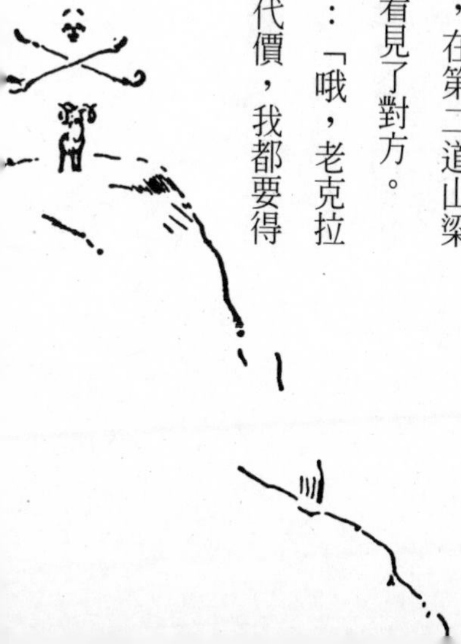

到你那兩隻羊角。這是爲幸運的人準備的。」然後他就舉起來福槍，扣動了扳機。但他和克拉格之間的距離太遠了。這隻公羊靜靜地站著，當牠看見從斯柯堤的槍口冒出來的煙時，牠立刻向一邊跑去，而來福槍的子彈打到地上濺起的雪，離牠剛才站立的地方已經很近了。

這隻公羊轉身向東邊跑去，飛快地沿著湖邊粗糙的南岸奔跑，跑向那個主要的分界處。斯柯堤有一段時間都遠遠地落在牠後面，但他繼續艱難地跋涉著。因爲除了有不知疲倦的力氣外，他還繼承了撒克遜人頑固不化的野蠻堅持，像沒有感覺的豬狗一樣頑固。那個不可改變的頑固讓他決定長期堅持，當感覺、理由和榮譽都遺棄了那個企圖以後，它的主人就看不見自己的失敗，即使是在被擊敗的時候仍然虛弱地爲自己愚蠢的目的努力。是的，他把最後的一點點力氣花費在瘋狂地捕捉他的征服者上面，而這個征服者迅速的反應將使他垮掉。

奔跑，追逐，奔跑，追逐，然後是在黑夜裡胡亂找個窩蹲一宿，第二天早晨再次起來，繼續追趕。有時候斯柯堤很快就跟上了克拉格的足跡，有時候則可以根據雪地上的腳印判斷出他在什麼方位。但是一天又一天過去了。

有時候，斯柯堤會被他一直都在追尋的獵物看見，這個獵物從來都沒有離得很近過。這隻公羊似乎已經明白，五百碼的距離是那支來福槍的最遠射程，就允許這個追逐牠的人到達這個範圍，但絕不讓他再靠近一點，那是牠的安全極限。過了一段時間，情況似乎轉變成牠喜歡讓那個人待在離牠五百碼遠的地方，因爲牠已經知道他在什麼地方。有一次，斯柯堤悄悄地往前走，幾乎已經能在射擊範圍內開槍了，但突然颳起了一陣西風，把他暴露了出來，克拉格及時受到警告，立刻跑掉了。但在這第一個月可怕而辛苦的跟蹤追逐中，這種事情還是第一次發生。過了一段時間，斯柯堤就再也看不見克拉格了。

爲什麼牠不趕緊飛跑著逃走，而要用牠的速度來阻止敵人呢？因爲牠必須吃東西。那個人有乾鹿肉和巧克力，足夠他維持許多天的生活，當這些用完了之後，他就隨便打死一隻野兔或者是一個松雞，然後匆匆忙忙煮熟了，整天都吃著這些追趕著克拉格。但這隻公羊卻需要好幾個小時的時間，去尋找雪地下面稀少

的草。這個長時間的追逐正在告訴牠一件事情。雖然牠的眼睛像從前一樣閃著光芒，牠堅固的四肢在大步行走中仍然很確定，但肚子卻正在萎縮。饑餓，正在削弱牠的饑餓，已經和牠的另外一個敵人一起侵擾著牠了。

五個漫長的星期過去了，斯柯堤繼續追逐著克拉格。對於崗德山上的公羊來說，唯一的暫停是當從西邊來的暴風雪爲牠的腳印進行掩飾的時候。

接下來的兩個星期，他們天天都能看見對方。在早晨，斯柯堤會像狼一樣從他寒冷的窩裡爬出來，喊著：「來吧，克拉格，我們該動彈動彈了！」公羊克拉格站在遠處的山梁上，挑釁地跺跺腳，然後就把鼻子對著風來的方向跑了起來，有時候非常快，有時候很慢，但一直都保持在五百碼的安全範圍內，或者是離斯柯堤更遠一點。當斯柯堤坐下來休息的時候，牠就吃草。如果斯柯堤藏起來了，公羊就警覺地跑到某個地方，在這個地方，要想接近牠卻又不讓牠看見是不可能的事情。如果斯柯堤保持安靜一段時間，公羊就像他一樣，安靜地從遠處密切觀察著他。

就這樣，他們繼續追逐和奔跑著，一天又一天，終於又慢慢地熬過了十個非常艱苦但平靜無事的星期。在斯柯堤和公羊克拉格之間，慢慢滋生出了一種非凡的感情。這隻公羊已經非常熟悉像警犬一樣的斯柯堤的腳印了，牠把斯柯堤當做爲一個必然的、幾乎是不可避免的災難。有一天，當斯柯堤從他的窩裡爬出來的時候，向北邊的遠處觀察著尋找這隻公羊時，卻突然聽見背後長長的鼻子呼氣聲。他轉過身向後看，看見克拉格正在不耐煩地等著他。風向改變了，因此克拉格也改變了自己的路線，適應風的方向。有一天早晨，他們開始奔跑了以後，斯柯堤非常艱難地追了兩個小時，穿過一條小溪，因爲克拉格曾經從這個地方跳了過去。當牠最後到達小溪的對岸時，聽見了鼻子的呼氣聲，就向四周觀察尋找著克拉格，卻發現克拉格已經回來了，正在看是什麼讓這個追逐者耽擱了這麼長的時間。

噢，克拉格！噢，崗德山上的公羊！你爲什麼要和這樣一個一刻也不安靜的敵人談判？爲什麼你要在死神面前玩耍？難道說所有風媽媽送給你的、成千上萬

的警告都沒有讓你明白嗎？繼續，繼續，盡力去做，也許它還能救得了你，但千萬不要和它談判。你要記住那一次的雪，它可能拯救你，但也可能背叛你。

18

就這樣，在這個冬天，他們跑遍了庫特耐山系的主要大山。一點一點地，他們一直到了烏鴉窩關口，然後一直向西，面對著風，這兩個不屈不撓的傢伙轉變著他們的步伐。西南面是邁克唐納山坡繼續往前延伸，直到到達高爾頓牧場。一天又一天，同樣陳舊的、機械的追逐持續著，兩個黑色的、移動的動物在這片巨大廣闊的空間追逐著。

有許多次，他們的足跡與其他山綿羊的腳印及其他追逐的腳印混合了。有一次，他們遇到了一些礦工，這些礦工認識斯柯堤，也認識他正追著的這隻公羊，他們跟斯柯堤開玩笑，但斯柯堤毫無表情地盯著他們，一點都不注意他們，又繼續追克拉格去了。還有許多次，這隻公羊故意驚醒某些路過的羊群，這樣他就可以把自己致命的腳印藏起來。但斯柯提不是這麼容易就能被阻止的，他的目的已經變成了本能。他偵察出所有讓他迷惑的東西，現在，在他們的追逐中，間斷已經更少了，因爲暴風雪似乎停止了，寒冷的風仍然孤伶伶的，大自然對誰都沒有指責。

繼續，繼續，仍然是同樣的，有點欠缺的半英里遠。

在他們身上，時間和死亡的兩隻手似乎都放在了他們身上。公羊和人的眼睛都慢慢地越來越深陷了下去，每一天都更加憔悴。這個人的頭髮已經變成了灰白色，自從他開始這場愚蠢的追逐以來，公羊的頭和肩膀也正在變成灰色，只有牠的眼睛和非凡的、彎曲的羊角還像從前一樣，像這場追逐剛開始時那樣高傲地昂著。

每天清晨，這個男人就從窩裡爬出來，身子僵硬，已經快要凍僵了，非常憔悴，但卻像條非凡的大獵狗一樣頑固。他偷偷地向前走，嘗試著尋找一個離得更

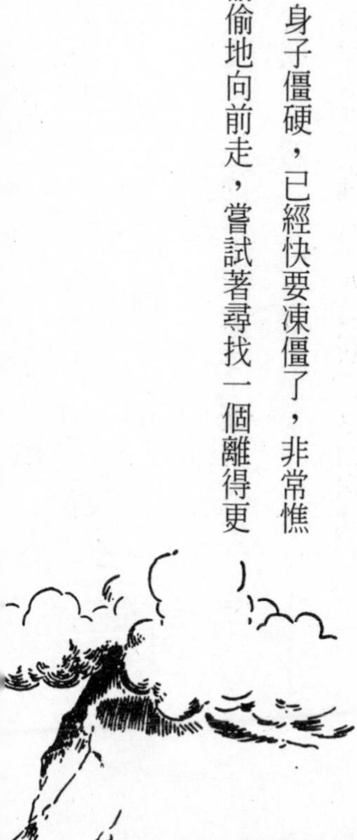

近的射擊。但克拉格總是及時地得到了警告，從牠自己的床上跳起來，斯柯堤清清楚楚地看見了牠。就這樣，他們像往常一樣開始了新一天的追逐。

直到第三個月，他們又穿過高爾頓山，向煙草山坡跑去，然後向東跑回崗德峰。這個無情的警犬在克拉格的身後，跟著牠的腳印追了上來。有一天早晨，在這兒，也就是這隻公羊出生的地方，他們坐在那裡休息。公羊站在一個山梁上，斯柯堤則坐在另一個山梁上，離克拉格六百碼遠。在這漫長的十二個星期中，這隻公羊領著他穿過雪地，這片雪地覆蓋了十幾個長長的山脈，有五百英里崎嶇的山路。

現在，他們又回到了他們開始的地方，他們的壽命被那看似簡短的距離浪費了一半。斯柯堤坐下來，燃著了他的煙袋。公羊急忙盯著他看。斯柯堤在那裡待多長時間，牠就堅持在那道山梁上停留多長時間。斯柯堤對這一點非常清楚，成百上千次的實際經驗已經證明了這一點。然而，當他坐在那裡吸煙的時候，他想到了一條個非常狡猾非常狠毒的計策。他很不情願地抽完了煙，把煙袋扔到一邊，然後就走到一邊砍了一些在他身後比較低的地方的彎曲樹枝，再收集了一些石頭。那隻公羊在遠處看著他。這個人走到他在的山梁邊上，手裡拿著樹枝和一些石頭。他穿著什麼樣的衣服呀！簡直比乞丐還糟糕。他站在這個山梁的邊上，讓克拉格清清楚楚地看見他。他把他的破衣服脫下來，掛在那些樹枝上，然後又用石頭把衣服角壓好。就這樣，他爲自己做了一個替身，而他自己則在這個假人的掩護下，悄悄地爬在地上，慢慢地向後爬過那道山梁，消失了。他爬了一個多小時，就到了克拉格站的那道山梁下，於是，他又悄悄地從這道山梁的下方向上爬。

就在這道山梁上，克拉格依然堅決地站在這裡，等著牠的敵人發起追擊的信號。牠像一隻公牛那樣宏偉莊嚴，又像一隻鹿那樣文雅，牠的羊角在頭頂盤旋著，像彎彎的眉毛，也像打雷時天上的烏雲。牠緊張地盯著那個假人，奇怪著爲什麼追牠的人這麼長時間都這麼安靜。斯柯堤現在離這隻公羊已經只有將近三百碼遠了。公羊身後是低矮的岩石，但中間是空蕩蕩的雪地。斯柯堤臥倒在地上，把一些雪撒在自己身上，直到全身都變成白色。然後，他又向離這隻公羊二百碼遠的地方爬行，他看著這隻偉大公羊頭上的羊角，繼續用他最快的速度爬上來。老克拉格盯著斯柯堤爲自己做的那個木偶，偶爾不耐煩地跺跺腳。如果牠銳利的眼睛向四周看看，如果牠看見這個致命的、在雪地上爬行著的東西，牠雄偉的羊角也一定會設置好牠的眼睛和敵人之間的距離。就這樣，牠最後一個可能逃跑的機會消失了。

更近了，更近了，這個惡毒的傢伙利用岩石的掩護悄悄爬過來了。然後，他安全地到達了兩隻羊角所在的地方。他休息了一下，現在離這兩隻角只有五十碼遠了。在他的一生中，第一次在這麼近的地方清楚地看到了這兩隻有名的羊角。他看見克拉格偉大寬闊的肩膀了，牠彎曲的脖子仍然很結實，雖然到處都有饑餓的標誌。他看見這隻非凡的動物夥伴從牠的鼻孔裡呼出生命的熱氣，在陽光下飄蕩，他甚至已經瞥見那雙琥珀色的眼睛中閃著的生命光芒了。但是，他慢慢地舉起了手中的來福槍。

哦，親愛的風媽媽，它還是在那裡吹著！千萬別讓這些發生！你所有的力量都沒有了嗎？一百噸無用的雪不是在每一個山峰上等著你嗎？一點，僅僅一點，僅僅是飛翔著的一點點雪就能夠救牠。牠是這所有的山上最優秀、最完美的動物，牠就要被這個惡毒傢伙的低級欲望擊倒嗎？只因爲牠疏忽了一次，就必須遭受厄運嗎？

但是，從來沒有哪一天比今天更平靜。有時候，大山上的喜鵲會向牠們的朋友發出警告，但現在，克拉格的眼前一隻鳥都看不見。這隻崗德山上的公羊仍然出神地看著牠的那個虛假的敵人，固定不變地站在那裡，眼睛盯著對面山梁上的那個傀儡。

這支來福槍被舉起來了，它從來都沒有失敗過，在人類眼睛的指導下，來福槍從來都不會出錯。但是斯柯堤拿著槍的那曾經拿走二十個人的生命的、從來都不顫抖的手現在有點搖晃了，彷彿是害怕。

是因爲人的本能嗎？是的。

但這雙手穩定地把槍舉起來了，這個獵人的臉非常平靜，非常頑固。槍響了，斯柯堤把他的頭藏起來了，這個熟悉的「砰」的一聲槍響，聽起來與從前的任何一聲都不一樣。他聽見遠處的石頭上傳出卡嗒的響聲，然後是一聲長長的、從鼻子裡發出來的怒吼聲！但是他沒有看，也沒有移動。過了兩分鐘，一切都平靜下來，他戰戰兢兢地抬起了頭。牠跑掉了嗎？發生了什麼呢？

在那裡，在雪地上，躺著這隻偉大的灰褐色公羊，頭上是兩個像雙胞胎一樣盤旋的羊角，這就是那兩隻非凡的羊角，那是一隻非凡的動物用牠不平凡的一生雕塑起來的豐碑，從上面立刻就可以看出牠十五年來的生活。羊角的兩個頂端現在因爲那些牠童年時代曾經贏得過的戰鬥，已經磨損很多了。羊角上清晰地顯示出牠精力充沛的生長歲月，按照牠生長的情況排列著。這兒是牠生病時的那一年，那裡是第五年的圓環上的碎片，這裡明顯標示出牠第一次爲愛情戰鬥的那一次戰爭。羊角的頂端現在也變圓了，在這上面，我們只能看見許多灰狼曾經想要奪去牠的生命時的印記。羊角上的圓環記錄了克拉格的一生，這個生命的豐碑記

錄了牠非凡的一生，也給牠帶來了突然的厄運。

這個白色身子上的那個金鏈子，也因爲人類金錢的緣故而被子彈打穿了。

斯柯堤慢慢地走過去，陰沈著臉，他沒有看那兩隻他經過了艱苦努力才得到的羊角，而是盯著眼前的克拉格平靜的黃色眼睛，這雙眼睛還沒有合上，但即使克拉格已經死了，這雙眼睛依然很明亮。牠現在已經像岩石一樣冰冷了。牠自己並不理解，牠不知道這就是牠突然的結局，在這個如此漫長的斜坡上，牠曾經被逼迫著奔跑了幾個月。

斯柯堤坐在二十碼遠的地方，背對這那兩隻羊角。他把一些煙草放進嘴裡，但他的嘴非常乾，所以就又把煙草吐了出來。他不知道自己的感覺究竟是什麼。語言在他的生活中所起的作用非常小，他的舌頭只發出了一個恐怖的咒罵，這是他情緒的迸發。

一陣長長的寂靜之後，他開始說：「如果我能夠做到的話，我要把這兩隻角還給牠。」

他站在遠處盯著克拉格。眼神落到他丟下的外套上，才意識到自己很冷。他走過山梁，收拾起東西。然後，他又回到那兩隻羊角前，一陣衝動的欲望襲上來，這個野蠻的、骯髒的欲望想要牠的犧牲者的身體，他要把他的獵物殘忍地進行分割。他開了一槍，感覺到自己恢復過來了。他剝下克拉格脖子上的皮，又砍下了克拉格的頭。斯柯提非常熟悉這些動作，他機械式地一步一步做下去。他切下了許多肉，足夠滿足自己眼前的饑餓。然後，他用肩膀扛起這塊巨大的犧牲品，把他的肩膀都壓彎了，在三個月之前，他幾乎沒有注意到這個犧牲品的重量。就這樣，他從他的追逐中回來了，蒼老、消瘦、灰白的頭髮、滿臉憔悴，他慢慢地跋涉著從山上走下來，回到十二個星期前他離開的那個棚子去。

「不！沒有錢能買得起牠。」斯柯提悶悶不樂地轉到一邊，想結束談話。他等了一會兒，知道標本師已經盡了最大努力，他把克拉格的頭掛在最顯眼的地方。標本的工作完成得非常好，那兩隻羊角一點兒都沒有改變，那雙極好的金色眼睛還在那裡，當這兩隻眼睛照射到一點光線的時候，這個獵人又一次感覺到了

那天在那道山梁上的某種感覺。他把那個頭蓋起來了。

那些非常熟悉他的人說，他一直都把這個頭用布蓋著，並且從來都不提起這件事。但有一個人說：「是的，我有一次看見他把布揭開了，看起來很可疑。」關於這個頭，他曾經做過的唯一陳述是：「這是我的羊角，但是牠甚至到現在還在找我的麻煩。」

四年過去了。斯柯堤現在已經是老斯柯堤了。從那次以後，他再也沒有打過獵。在長長三個月的瘋狂追逐中，他已經垮掉了。他現在只生活在自己的地盤裡，非常孤獨，總覺得有什麼東西壓在他的心頭。

在冬天快要結束的某一天，一個夥伴在他的棚子前停下來。他們談了很長時間。

「我聽說你殺死了崗德山上的那隻公羊。」

斯柯堤點點頭。

「讓我看看好嗎，斯柯堤？」

「隨你的便。」這個老人猛地把頭轉向牆上掛著的一個用布裹起來的東西。這個陌生人把布拉下來，跟著就像其他人一樣發出陣陣讚歎。斯柯堤安靜地接受了他的稱讚，但他轉過身來看。映著火光，他可以看見牠玻璃一樣的眼球發出了紅色憤怒的光芒。

「你看完了以後還要把牠蓋起來。」斯柯堤說，繼續抽他的煙。

「說說吧，斯柯堤，爲什麼不把牠們賣掉卻要掛在這裡讓你討厭呢？有個紐約人告訴我說他想出……。」

「別提那些紐約人！我永遠都不會把牠賣掉的，我永遠都不會和牠分開。我和牠待在一起，我得把牠們收拾好，牠要我把牠們收拾好。這幾年牠已經回來找過我。牠那次來讓我徹底垮掉了，牠已經讓我變成一個老人了，牠讓我簡直成了瘋子。牠現在正在慢慢地要我的命，雖然我現在還沒有死掉。我告訴你，當那個從沁奴克來的風颳過特巴科克里克的時候，我知道風裡面沒有的其他的噪音，但我清楚地聽見他的聲音了，就像那一天我在山梁上把牠打死後，牠從鼻孔裡發出來的聲音一樣，我的臉正對著牠。我又站起來了，我要面對著牠，是的，就在這兒，在特巴科克里克峽谷上。」

那天晚上，風越來越大，撕扯著斯柯堤的棚子，悲哀地哭著。普通情況下，陌生人可能不會注意到這些，但有一兩次，從門縫裡傳來了一聲長長的、從鼻孔裡發出的山綿羊呼氣的聲音，這個聲音振動了門上的鎖，還劇烈地搖晃著牆上掛著的、蓋著那顆頭的布。斯柯堤看著他的朋友，臉上現出野蠻的、瘋狂的、驚恐的表情。一句話都不用說，這個陌生人的臉也像白紙一樣。

清早，天上還在飄著雪花，但這個陌生人還是堅持著走了。那一整天都颳著白色的風，雪也下得越來越大，越來越深地堆積起來，蓋住了所有的東西。所有的小山都被大雪包成了圓雪堆，更高一點的山梁上的洞已經變平了。雪還在繼續下著，不是飄動，而是堆積起來，重重地、柔軟地貼在所有的物體上，下了一整天。地上的雪越來越厚，越來越沉重，小山也越來越圓。雪從一個山頂跳上另一個山頂，像一個活生生的動物一樣，它不是空氣的噴霧，而是一個有生命的事

物，就像希臘人和印度人都曾經說過的那樣——是生物，它被上帝創造出來，然後就熱愛和保護著它自己。它來了，彷彿是萬能的神靈，像一個發怒的天使帶著軍號一樣的羊角，帶著從很遠的西邊大海帶來的可怕消息，一個戰爭的消息，因為它吟唱著野蠻的勝利戰歌，歌詞的大意是：

我是來探望你的風；
只有現在我才有足夠的力量實現你的願望。
這些小山和雪都是我的孩子；
它們今天晚上將聽從我的調遣。

這些聲音到處都可以聽見，山峰之中開始了大行動。在這裡，風撫摩雕刻出新的效果，湖泊被創造出來或者是毀滅掉，在這裡，有關生命和死亡的信使都被派遣出去了。帕其勒山峰上的雪崩爆發了，掉到旁邊的深深裂口中，顯示出了長長的、金子般的紋理；另外一個信使很匆忙，被風派去堵住一條小溪，把毫無用處的水變成渴望的土地，這是憐憫的信息。但是在崗德峰下面，捲起了一個巨大的雪的漩渦，帶著復仇的使命，下來了！下來了！一邊走一邊發出響亮的山綿羊鼻子呼氣的聲音，滑下來了！從山梁上走過長長的路後滑下來了！掃過有可能阻擋住它的森林，然後墜落、跳躍、滾動，粉碎了懸崖和陡峭的斜坡，繼續加速。下來了！下來了！更快了！更猛烈了！在一個降落的可怕衝擊下，它上了斯柯堤的棚子，立刻就摧毀了這個茅屋，迅速地在白色的大地上掀出了幾個黑色的污點。這個獵人已經提前感覺到了他的厄運。公羊的母親，親愛的風媽媽，它從西邊的海上來到這裡，這件事情已經耽誤了太長時間，但它最後終於來了。

在崎嶇的高地上又顯示出了春天的跡象，席捲煙草河平坦的地方。從西方來的春雨溫柔地洗刷著廣大的、白色的雪掩蓋的地方。慢慢地，那個殘破的棚子露了出來，在這個破棚子中間，露出來的是一點都沒有受到傷害的、崗德山上的公羊的那顆頭。牠琥珀一樣的眼睛正像從前那樣，在兩個羊角上蓋著的布下面閃爍

著，在這下面則是一些破碎的骨頭、碎布片，以及灰白色的人類頭髮。

老斯柯提已經被遺忘了，但現在，這隻公羊的頭卻被安放在一個宮殿一樣的博物館的牆上，讓人們時刻想起牠，這是皇家珍寶中的一件寶貝。當那些來看牠的人們看見這兩隻了不起的羊角時，仍在談論著這個光榮的崗德山上的公羊，牠這兩隻角是在遠處的庫特耐山上的高地生長出來的。

街道歌手

公麻雀蘭迪的探險

1

這樣地唧唧喳喳，這樣地喋喋不休，這樣跳來跳去的一群！半打的英國麻雀飛來飛去，在第五大道的排水溝附近嘮嘮叨叨，在這群麻雀之中，有一隻離開了其他麻雀，獨自飛到了其他地方。旁觀者可以看出其中的原因：這是一隻小小的母麻雀，非常活躍，憤怒地保護自己不受那一群嘈雜的求婚者干擾。牠們似乎在向牠表示愛意，但是牠們的方法眞粗魯，就像是開過了一個處理私刑的會議一樣。牠們鼓起勇氣，非常焦急，牠們這種完全不優雅的方式折磨著這個小小的憤怒的麻雀小姐，但牠們沒有對牠造成嚴重的傷害。儘管如此，牠已經下了關於自己婚事的決心，牠用不著在這些讓牠痛苦的傢伙們身上花費心機，很明顯地，如果牠能夠做到的話，牠眞想要全部殺死牠們。

牠們在向牠表白愛情，這似乎很清楚，但同樣清楚的是，牠不想接受牠們中間的任何一個。牠透過嘴巴讓牠們相信了這個，又利用那些向牠發起攻擊的麻雀的短暫的分散，趕緊飛到最近的一個屋簷下，在飛的時候還顯示了牠的翅膀上的一些白色羽毛，透過這個標誌可以認出牠來，這也是牠最主要的魅力之一。

2

一隻對自己黑色的圍巾和白色的領口感到非常驕傲的公麻雀正在辛勤地工作著，準備建一個像某些孩子安在院子裡的竿子上的，那些提供給鳥類的鳥巢一樣的家。

在許多方面，牠都算得上是一隻特別的鳥。牠選擇造房子的材料全部是些小樹枝，這些肯定是從麥迪遜大街或是聯合國廣場上拿回來的。清晨，牠邊工作邊休息，非常響亮地唱幾句歌，樣子非常像一隻金絲雀。

對於一隻公麻雀來說，獨自造房子是很不尋常的，但牠確實是一隻不尋常的鳥。過了一個星期，很明顯地，牠已經完成了自己的窩的建設，因爲這個鳥的家

填滿了那扇門，全部是用小樹枝做成的，這些小樹枝是從城市裡的遮蔭樹上偷來的。

於是，牠現在有了更多的閒暇時間可以用來唱歌了。牠頻繁地唱著那些長長的、根本不像麻雀歌的曲子。牠也許會被當做一種無法解釋的神秘東西而寫進歷史，但在第六大道上住著一個非常喜歡鳥的理髮師，他爲我們提供了以下有趣的章節。

這個人養了幾隻金絲雀，住在用柳條編製的鳥巢裡，他曾經把麻雀蛋放進了金絲雀的鳥巢中。於是，小麻雀就被金絲雀孵化出來，並且接受養育牠們的父母的培訓。牠們的特殊性在於牠們唱的歌。小麻雀的肺和充沛的精力是牠那個種群所共有的。

那些金絲雀對牠進行了很好的培訓，結果牠成了一個歌唱家，總是有充沛的能量歌唱，這是牠們那個種群的天生才幹中所沒有的。

這個老愛大喊大叫的傢伙身體強壯，非常喜歡鬥架，而且喜歡唱歌，於是牠

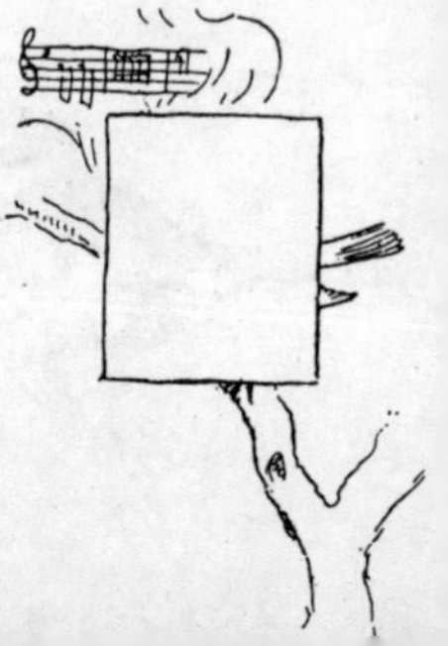

很快就讓自己成了這個鳥籠的主人。對於牠無法用音樂優越性壓下去的金絲雀，牠會毫不猶豫地向牠撞去，在取得了小小的勝利之後，牠的應變能力已經非常不尋常了。

這隻小麻雀還贏得了一個名字叫蘭迪。那個理髮師做了一個假金絲雀，專門提供給這個愛吵鬧的音樂家鬥架，就這樣，不管在什麼時候，爲了討某些客人們歡心，他就讓蘭迪唱一些高興的、勝利的讚歌。

所有那些被他放進籠子裡的金絲雀讓他很擔心，因爲牠們全都被蘭迪征服了。到了最後，金絲雀被移到旁邊的鳥籠裡，這個新鳥籠裡偶爾會有隻愛嘮叨的歌唱家，讓蘭迪既不能使之安靜下來也無法抓到，除了這件事情讓蘭迪煩惱之外，再也沒有什麼其他的東西讓牠生氣了。在這些情況下，牠忘記了音樂，自己的麻雀天性表現成出了匆忙的唧唧喳喳，很明顯，這種唧唧喳喳的聲音後來成了街道嘈雜噪音中的悅耳聲音。

當蘭迪長出黑色圍兜時，已經成了一個重要人物，牠是理髮師店裡最引人注

意的東西。但是有一天，當牠站在放鳥籠的架子上時，這個架子鬆動了，所有鳥籠都摔到了地板上。在這場突如其來的衝擊下，許多鳥都逃了出來。在這些逃出來的鳥之中，有一隻就是蘭迪，或者該適當地叫牠貝蘭德，這本是個愛吵鬧的歌唱家的名字，這個名字是根據一個有名的歌手起的。

後來，那些金絲雀都主動地回到籠子裡，或者該說是牠們主動允許自己被人捉回籠子裡。但蘭迪從後窗跳了出來，嘰嘰喳喳地叫了一會兒，高傲地唱了幾句，挑釁地回答了那個洪亮的火車汽笛，所有企圖抓住牠的手，都被牠巧妙地躲開了。

牠開始研究周圍荒涼的磚頭，很快就接受了自由的條件。

還不到一個星期，蘭迪就已經很像一隻野生的、與牠的親屬類似的麻雀了。牠把自己降級成一個街道小流氓，和其他野生麻雀一樣，在排水溝裡和其他麻雀一樣喋喋不休，對牠們以眼還眼、以牙還牙，或者是用麻雀的能量突然唱起金絲雀的音樂來，讓牠所有的聽眾嚇一大跳。

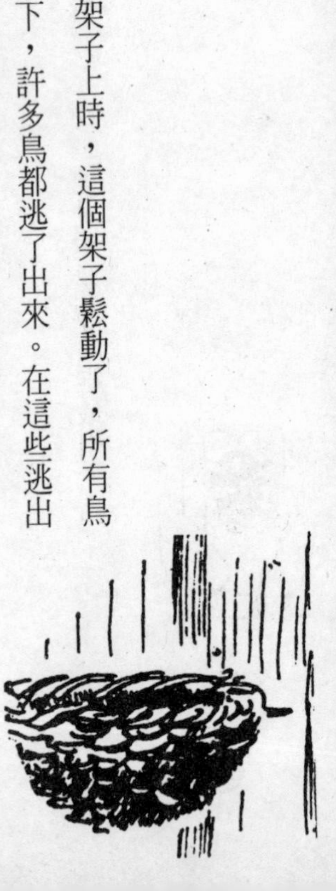

3

這就是蘭迪，牠爲自己選擇了家庭位置，並建造了一個麻雀窩。牠對小樹枝的偏愛從這個麻雀窩的構造中就可以看得清清楚楚了。牠以前一直生活在人類做的鳥籠裡，認爲鳥巢只是一個籃子工程，因此，牠的麻雀窩完全是以小樹枝做成的。

過沒幾天，蘭迪又出現了，還帶著一個妻子。我可能已經忘了在排水溝前的那個騷動場景，因爲這只是一件非常普通的事情。但是，當我看見蘭迪現在帶回來的這位新娘時，一下子就認出牠來，牠正是那隻帶著白羽毛的麻雀貝迪，就是牠引起了那場糾紛。

從外表上看來，牠已經接受了蘭迪，但現在仍在裝腔作勢；當蘭迪走近的時候，牠會用嘴巴啄牠。藍迪在旁邊走來走去，翅膀和尾巴都張開著，一旦有機會，就停下來賣弄牠金絲雀般的完美歌喉。

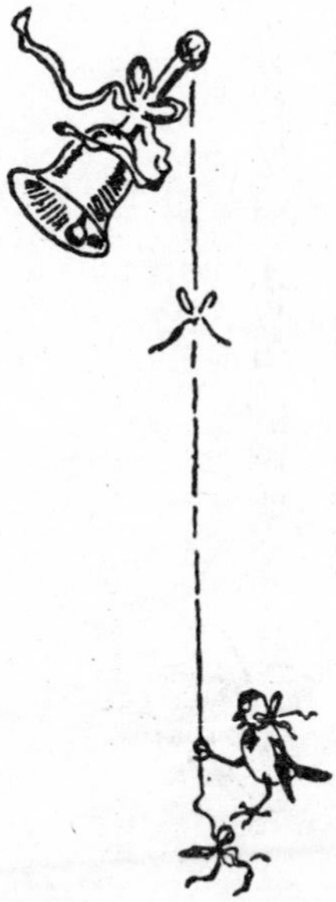

蘭迪顯然可以滿足牠原來尋找伴侶的條件，牠也許是透過展示自己的聰明才智才贏得了這位新娘的青睞，而一旦得到牠的認可，牠就興奮地陪牠前去參觀那個已經造好的鳥巢。牠一路跑在前面，給牠帶路，驕傲地跳著，嘴裡嘰嘰喳喳，對牠非常殷勤。

貝迪跟著牠進了那個鳥窩，但很快就又出來了，蘭迪萬分著急地在牠後面哀求著。牠嘀咕了很久，才終於勸牠再進到牠的窩裡，但牠還是立刻出來了，這一次，牠氣急敗壞地訓斥著牠，而牠彷彿又在施展牠的勸說能力。最後，牠終於走進這個窩，但仍在喋喋不休。當牠再次出現的時候，嘴裡叼著一根小樹枝，把樹枝放下，飛出去看不見了。蘭迪走了出來，很顯然牠對於這房子所有的高興和驕傲都消失得無影無蹤了。

牠曾經希望得到稱讚，但親愛的貝迪卻對此如此生氣，這對牠來說眞是一個很大的打擊。牠悶悶不樂地坐在門口，坐了一會兒，又嘰嘰喳喳叫起來，意思彷彿是：「回來！回來！」但牠的新娘卻沒有回來。牠回到屋子裡，弄出了亂七八

糟的聲音，隨後很快就出來了，帶著一個大樹枝，牠把樹枝從門口扔到地上。然後牠就又回去拿另一個樹枝，跟在第一根的後面扔了下去。就這樣，牠一根根地把那些樹枝拉出來，把所有的樹枝都拉出來，扔到地上去，這些樹枝都曾經是牠仔仔細細地、非常辛苦地挑揀出來建造房子的。那個像叉子一樣的樹枝還是牠花了很大力氣才從聯合國廣場上弄到這兒來的，現在也扔出去了。還有那兩根光滑的樹枝，眞像牠養父養母家裡的那些，但所有的這些都必須被扔掉。

然後，非常明顯地，牠結束了這項工作，因爲就在牠的這個家下面，已經堆了一堆小樹枝了，像篝火那麼大，牠一星期的工作算是白費了。蘭迪生氣地盯著地上的小樹枝，盯著這個空蕩蕩的家，短暫刺耳地叫了幾聲，也許這就是一隻麻雀最強烈的詛咒，然後牠就飛走了。

第二天，牠和貝迪一起出現，牠再次在牠旁邊精力充沛地忙碌著。當牠再次把牠領到那個門口的時候，仍然嘰嘰喳喳著。牠跳了進去，然後又出來了，看著斜下方的那些小樹枝，然後又進來了，再次出現的時候帶著一枝很小的樹枝，那

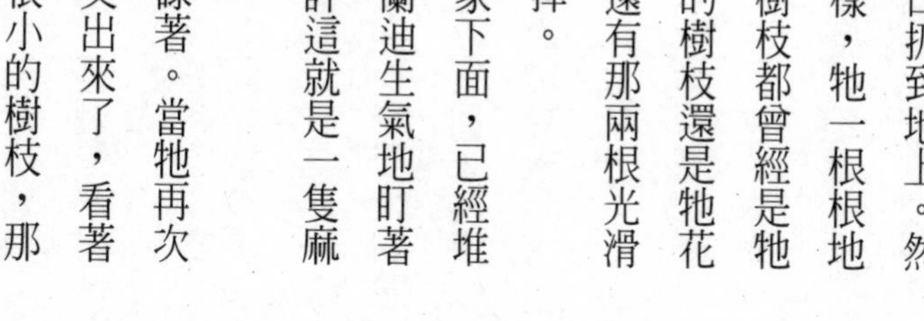

些是牠原來沒有注意到的樹枝。牠把樹枝丟下來，看著它落到下面的那堆樹枝上，顯得很滿意。牠這樣進進出出了許多次，蘭迪也跟牠一起把屋子裡剩下的樹枝拉出來扔到地上。

牠們飛走，後來又回來了，貝迪的嘴裡滿是乾草，蘭迪的嘴裡叼的是稻草。牠們把這些東西弄進屋子裡，非常滿意地進行了佈置。然後牠們又飛走了，去拿更多的乾草。貝迪讓蘭迪把乾草放下來，牠繼續待在這個鳥窩裡安排牠帶回來的乾草，牠偶爾也出來弄些乾草，這是在牠等了很長時間，蘭迪都還沒有回來的時候，但這種情況不多。看見這樣一個愛挑釁的、有騎士風度的音樂家被降級到這樣一種順從的地位，這眞是一件了不起的事情。

我在附近的一個陽臺上掛了三十條短帶子和彩帶。其中十五條是普通的條紋，八條非常鮮豔，七條是明亮的、用絲綢做的絲帶。在這一排花帶子上，每隔一條就是顏色較暗的帶子。貝迪是第一次看見這種材料這樣排在這裡，牠飛了下來，看著這些帶子，繞著這排帶子飛，兩隻眼睛都睜得大大的，然後決定不理睬這些東西。而蘭迪則向這些帶子靠近，牠熟悉這些線。牠跳到這兒，跳到那兒，拉拉這根線，在後面盯著看，但牠走得更近了，對其中的一兩條有興趣，然後就飛向一條帶子，把它帶走了。貝迪也跟著上來了，牠也叼走了一條帶子。牠們只挑那些顏色暗淡的帶子，但當這些帶子都被牠們弄下來了以後，貝迪選擇了一條明亮的帶子，可是牠並不冒險去接觸那些色彩華麗的彩帶，蘭迪只帶走那條最柔和、最像棍子的帶子回家，其他什麼東西都不能帶了。

現在，牠們的窩已經完成了一半了。蘭迪又一次冒險拿了一條像棍子一樣的帶子，但過了一會兒，這條帶子就旋轉著掉到了下面的樹枝堆中了，貝迪勝利地看著這條帶子落下去。可憐的蘭迪！再也不能滿足自己的愛好了，所有的那些美妙的棍子都浪費了。牠的媽媽就有一個棍子窩，那是一個美麗棍子做成的窩，但是牠現在得受旁人支配。現在除了稻草以外，什麼都不能要；不能用棍子，只能用軟材料。牠順從了，自由每天都給牠帶來教訓。牠過去常常認爲那個理髮店就是整個世界，而牠自己則是最重要的生命。但現在，這兩個觀點都受到了嚴重的打擊。貝迪發現在蘭迪的教育中，許多很有用的事情都被非常嚴重地忽略了，牠不得不對牠重新進行教育。

當這個麻雀窩建好了三分之二的時候，貝迪，牠的觀點非常奢侈，牠開始帶回來大大的、柔軟的羽毛。蘭迪認爲這太離譜了。牠必須在某個地方劃定界限。牠把這個界限劃在羽毛床上。牠最早的搖籃裡沒有這樣的內襯。牠繼續把那些讓牠反感的羽毛床上的東西捆紮起來，貝迪則又帶回來許多羽毛，剛好看見原來帶回來的那捆東西從那個門口飛下來，落到地上那堆小樹枝上。牠搧動翅膀追了上去，在空中接住了那些羽毛，回來碰見牠的先生正從門內出來，嘴裡叼著另外一些讓牠討厭的羽毛。牠們站在那裡，互相看著，都用最響亮的聲音叫喊著，牠們的嘴巴裡滿是羽毛，而牠們的內心則充滿了憤慨。

當事情涉及到家庭裡的佈置時，我們人類是如何認同女性的呢？我首先感覺到貝迪是正確的，果然，最後牠的方式得到認可。

那時候，一場暴風雨正要來臨，在這期間，許多羽毛都被牠們兩個進進出出地從屋子裡拿進來又拿出去，或者是被風吹得滿院子都是。然後，下雨了，牠們也就平靜下來。第二天，那些羽毛就又被拿回到這個窩裡來了。牠們究竟是怎麼處理這件事情的，我們不知道，但我們確信在這項工程中蘭迪自己承攬了大部分的工作，而且一直都沒有休息，直到最後用最大最柔軟的羽毛塡滿這個盒子。

在這中間，牠們通常都在一起。但有一天，貝迪飛走了，在外面停留了一段時間。蘭迪出去找牠，不停地呼喚著牠的名字，但沒有人回答牠。牠上上下下地看，在遠處下面的地上，牠看見了自己曾經辛辛苦苦地帶回來的那堆小樹枝。那些親愛的樹枝呀！眞像牠小時候那個溫暖的家！蘭迪振動翅膀飛下來。在這一堆小樹枝中間，那個好奇的樹叉形狀的樹枝還靜靜地躺在那裡。這個樹枝對蘭迪的誘惑力太大了，牠無法抗拒。於是，牠就把這根樹枝揀起來，匆匆飛回到窩裡，然後就進去了。這根樹枝總是很難在屋子裡安排好，因爲它邊上的樹叉老愛碰到門，但蘭迪已經拿著它進進出出許多次了，牠已經知道怎麼進到門裡去。在屋子裡耽擱了還不到半分鐘，牠安置好這根樹枝後，馬上就又出來了，看起來非

常得意，用牠的鳥嘴梳理著羽毛進行打扮，搖來搖去，然後又從頭到尾唱牠的金絲雀歌曲。牠唱了好幾遍，又試了試一些新橫樑，看起來似乎非常愉快。

貝迪回來了，又帶了一些羽毛，蘭迪殷勤地幫助牠把這些羽毛拿進屋子，就這樣，這個麻雀窩完全造好了。過了兩天，我到這個鳥窩旁打探情況，發現裡面有一顆麻雀蛋。這兩隻麻雀看見我走過來，不像其他鳥那樣飛過來在我頭上唧唧喳喳，牠們飛到遠處，躲在某個煙囪後面，焦急地從這個藏身處觀察著。

到了第三天，這個鳥窩裡傳出一陣很大的騷動聲，裡面有麻雀嘶啞的、非常著急的叫聲。有一兩次，一個小尾巴出現在鳥窩門口，彷彿這個尾巴的主人正竭力把牠收回去。後來我就看明白了，這個尾巴正被裡面的某個東西使勁地拖著。最後，這個尾巴的主人終於出來了，我離得不太遠，看清楚了那是貝迪，但是很明顯，牠又被拉進去了。顯然是這個家庭有了矛盾，正在爲什麼事情吵鬧。這是很難解釋的，直到最後，貝迪努力著從門裡出來了，拖著蘭迪的寵物，也就是那根有樹叉的小樹枝，牠輕蔑地一下子就把這個樹叉扔到了地上。牠在牠們的床上

發現了這根樹叉，因爲蘭迪把它藏在那兒。

我沒有看見當蘭迪不同意牠扔掉樹叉的情景，牠究竟是怎樣才把樹枝拉出來的。我懷疑牠眞的是爲了和平的才減弱了自己的反抗力量。在牠們的這場混戰中，那個麻雀蛋也被上上下下翻騰了好幾次，這個麻雀蛋，也就是牠們愛情最後的結晶，非常不幸地被那個樹枝一起拖了出來，落下來躺到了地上，在一片黃色的濕地上，有許多陶瓷一樣的碎片。對於這些剩下來的碎片，這兩隻麻雀似乎不願意去打擾。既然這個麻雀蛋從那個窩裡掉了出來，也就從牠們的世界裡消失了。

4

這次風波過後，這對麻雀和平相處了好幾天，牠們的麻雀蛋也一個接一個地出現在這個麻雀窩裡。過了一個星期，窩裡就有五顆麻雀蛋了，這兩隻老麻雀現在看起來非常愉快。蘭迪總是唱著歌，讓所有的鄰居都很驚奇，貝迪則忙著弄來更多的羽毛，彷彿在為什麼做準備，也許是牠預見到要有暴風雪。但就在這個時候，我想對這一對麻雀做一個小實驗。我在牠們這個豪華奢侈的愛巢裡面放了一個小石頭。

第二天一大早，我從家裡出來走到第五大道上，離二十一街的拐角不遠。今天是星期天，街道上非常安靜，但在那個排水溝前，大約有十幾個人排成一排站在那裡，他們的眼睛都在盯著什麼東西看。當我走近他們的時候，忽然聽見了麻雀的叫聲，我也和那些人一樣站在那裡向前看，看見兩隻麻雀正在進行激烈的戰鬥。牠們叫得不多，只都拼命地用嘴巴等所有牠們能用的東西激烈地毆打著對方，恨不能一下子就把對方咬死。牠們在排水溝附近混戰著，一點都沒有在意我們這些旁觀者。

牠們打了好一陣子，但到了最後，牠們暫時停下來休息一下，坐在牠們的尾巴上呼呼直喘氣，也就在這時候，我才認出來這就是貝迪和蘭迪。牠們又打了一

會兒，後來被一個人趕走了，這個人顯然是對發生在星期天的爭吵持反對態度。然後牠們就飛到附近的一個屋頂上，像剛才那樣繼續吵鬧。

那天下午，我看見在牠們那個巢的下面，我那個打擾了牠們的小石頭正躺在那裡，它的旁邊還有五個麻雀蛋摔碎後剩下的蛋殼。這些麻雀蛋似乎都是被扔出來的，我懷疑牠們吵架的原因是由我的這個小石頭引起的，這個石頭讓牠們感到奇怪，非常堅硬，圓圓的很像牠們的麻雀蛋，突然出現在牠們的窩裡，這個非常顯然的暗示讓牠們對雙方都非常生氣，於是就吵了起來。

我不知道貝迪是否對這件事情進行了解釋，但這對麻雀似乎決定要忘記過去，重新開始。很明顯，這個鳥窩裡既沒有幸運也沒有和平，因此牠們放棄了這個鳥窩以及羽毛等所有的東西。貝迪的思想顯然是麻雀原本就具有的傳統思想，這一次牠親自選擇了建房子的地點，那不是什麼特別的地方，而是麥迪森廣場中間的一個電燈上面。牠們整個星期都在辛勤地工作著，雖然在大多數時間，風都颳得很大，但牠們終於完成了這個麻雀窩。讓人感到非常迷惑的是，這個巨大的

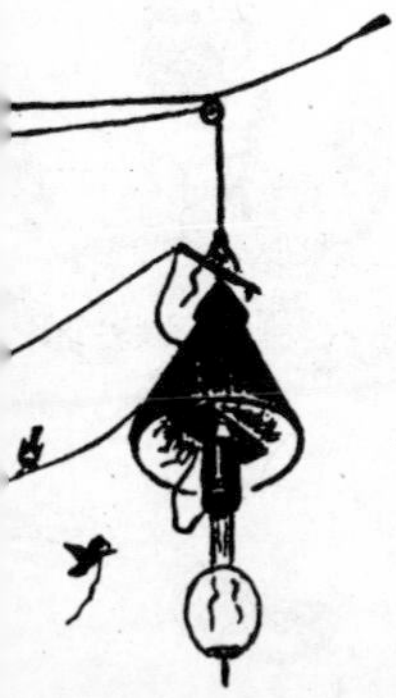

明亮的燈光就在牠們的鼻子底下閃著耀眼的光，牠們在這種情況下怎麼能睡覺？

貝迪似乎很高興，蘭迪則學著壓制自己的觀點。也許所有的一切都會進行得很順利，但是，牠們的第一顆麻雀蛋還沒有生下來，那盞燈就燒掉了，安放新燈泡的那個人看見了這個麻雀窩，覺得這個窩很容易引起火災，考慮到這兩隻麻雀的安全問題，就非常殘忍地把蘭迪和貝迪的住宅整個搬運到垃圾桶裡去了。

如果是一對知更鳥或者小燕子的話，牠們可能會覺得這是一個致命的打擊，但對麻雀來說，牠們總是有無窮無盡的能量和希望。

非常明顯，這是一種錯誤的麻雀窩，牠們用的材料是錯誤的。無論如何，一個激進的變化總是令人振奮的。在麥迪森廣場的公園裡有一棵榆樹，樹上很高的地方有一個樹叉，而且附近還有一個空著的鳥巢，貝迪就挪用了這個鄰居家裡的長稻草，並用這種方法告訴蘭迪，這就是牠現在重新選擇的新家地址。這一次，蘭迪已經知道接受牠的決定會減少許多麻煩，牠不能按照自己的觀點來辦事，只好尖聲地唱出了兩個金絲雀的顫音，然後就開始檢查起那些垃圾堆，選擇建築材

料。當牠看見一枝漂亮的樹叉出現在眼前的時候，眼睛裡又閃爍出興奮的光芒，向樹枝這邊盯著瞧。

5

這個廣場的另一邊還有一個麻雀窩，住著一對非常不受歡迎的麻雀。尤其是那隻公麻雀，特別讓人反感。牠的個頭挺大，長得也比較帥氣，脖子上有個黑色的圍巾，牠絕對是個惡棍。在麻雀的世界裡，力量代表著權力。牠們互相爭吵的原因是食物、伴侶、季節以及築巢的材料，和我們人類的生活非常相似。這個傲慢的小鳥，自信地挑選出了愛人和最好的築巢地點，並把廣場上最受尊敬的材料添加到了牠的這個麻雀窩中。許多麻雀都避免使用我提供的那些顏色比較亮的帶子，牠們沒有受到那個品味的教育，而且肯定有自己的感覺傾向。幾根最初來自中央公園的動物園的珍珠雞羽毛，從一個窩裡被偷到了另一個窩裡，現在則被放在這個華麗的家中，柯拉威特和牠的妻子在這個家裡裝飾了一個像新河岸上的大理石首都一樣華麗的麻雀窩。

這個惡棍在這個公園中隨心所欲地幹了許多見不得人的事情。有一天，牠突然聽見了蘭迪的歌聲，就立刻向牠飛了過去。蘭迪在金絲雀中曾經是個暴君，但在面對於柯拉威特時，牠獲勝的機會就非常小了。牠盡了自己最大的努力，但最後還是被打敗了，飛到一邊躲避災難。在這次勝利的鼓舞下，這個惡棍飛到蘭迪的新窩去，非常輕蔑地四處搜查一番，然後就拉出了一些帶子，牠認爲自己家裡可能用得著。蘭迪的心情原本非常糟糕，但當牠看見柯拉威特竟然這樣公開搶劫牠家的時候，立刻激起了牠的怒火，這個勇敢的街道歌唱家立刻飛了過去。牠們從樹枝上掉到了地上，其他的麻雀也都參加進來了，哦，眞慚愧！牠們加入那個大個子的傢伙那邊了，一起來反對這個相對來說是個陌生人的蘭迪。

蘭迪的形勢變得非常不妙，身上的羽毛也開始飛到一邊，但就在這個關鍵時刻，一隻小小的母麻雀在眼前一閃，加入了這個戰鬥的圈子。牠白色的翅膀非常顯眼，牠勇猛地叫著吵著，狠命地衝殺，加入了這場混戰。哦！牠是怎麼對付周圍的那些敵人的呀！那些加入進來尋找樂趣的麻雀看見牠衝過來以後，就趕緊飛走了：現在這裡再也不會有什麼有趣的事情，除了兇猛的戰鬥以外什麼也沒有了，鬥爭的矛頭全部都指向了柯拉威特。牠很快就失去了信心，然後就向廣場的對面飛去，想逃回自己家中，貝迪繼續抓住牠的尾巴，像個鬥牛犬一樣。牠繼續掛在柯拉威特的尾巴上，直到把牠尾巴上的羽毛連根拔起。

之後，牠才滿意地工作起來，用那些被牠挽救回來的材料重新裝飾自己的家，當然，從柯拉威特的尾巴上拔下來的那些羽毛也被用上了。指望麻雀能對公正和報償有更新的思想，這不太有可能，但可以確信的是，類似的事情確實還會再出現在牠們中間。還不到兩天時間，柯拉威特窩裡那個珍珠雞的羽毛就到了蘭迪家裡，這個羽毛很長時間以來都是柯拉威特的鳥巢裡最值得誇耀的東西，但現在，它已經成了貝迪新公寓中陳設的一部分了，沒有一隻麻雀敢對牠的這種佔有說一個不字。

現在已經到了這個季節將要結束的時候，羽毛是很稀少的，貝迪找不到足夠多的羽毛來裝飾麻雀窩內部，況且牠還非常挑剔。但是牠發現了一個代替品。廣場上有一個馬車停車場，附近通常分散著或多或少的馬毛，那看起來彷彿是不錯的襯裡材料。這是一個非常令人興奮的想法，在相當愉快的激情鼓舞下，這對從來都滿懷希望的麻雀開始著手收集馬毛，一次收集兩三根。也許是某個公園裡的一隻花栗鼠讓牠們有了這個想法，這隻花栗鼠總是用馬毛做屋子的襯裡，牠把馬毛在窩裡捲了一圈又一圈，就得到了一個讓人羨慕的春天床墊。這個效果眞不錯，但想這樣做的麻雀首先必須弄到馬毛。

如果這兩隻麻雀學會了怎麼處理這些馬毛，這也許不難辦到。當一隻花栗鼠揀起一根馬毛，並把它帶回家的時候，牠通常一次只拿一根馬毛，並且還要非常小心地拿著馬毛的根部，因爲這個看起來沒有害處的馬毛並不是沒有危險。這兩隻麻雀沒有處理馬毛的經驗，只能像對待稻草那樣安排馬毛。貝迪抓住了一根馬毛的中間部分，發現這根毛很長，因此就再拿一次，拿到了離剛才的地方有幾英

寸遠的地方。在多數情況下，這會在牠的頭上或者是嘴巴外面形成一個大圓環，但這是最方便的辦法，起初並沒有出現什麼錯誤，雖然牠也曾經看見過花栗鼠用肩膀扛著馬毛，知道牠是考慮到有被纏繞的危險。

現在是牠們做襯裡的最後一天了。貝迪以某種方式讓蘭迪明白，牠們不再需要馬毛了，牠非常驕傲，非常忙亂，正做著最後的收尾工作，牠取來最後一根馬毛，而蘭迪正在對某些最漂亮的各種橫木做實驗。突然，牠聽見貝迪驚叫了一聲，非常響。牠立刻向這個新家看去，看見貝迪正上上下下地掙扎著，但牠卻看不出來這是爲什麼，然而牠也無法把牠的身體從那個窩裡拉出來。最後，牠把頭從一個非常危險的馬毛套子裡伸了出來，這個套子是牠自己做成的，套子變得越來越緊，纏繞起來，於是就把牠套住了。牠越是掙扎，這個馬毛套子就纏繞得越緊，把牠的頭也勒住了。蘭迪現在的命運已經深深地和這個任性的小潑婦連在一起了，因此牠變得非常激動，尖叫著飛了過去。牠使勁拉貝迪的腳，想把牠拉出來，但這只是讓事情變得更糟糕。牠們所有的努力都白白浪費掉了，好幾個新打

的結又加到了這個套子裡。麻雀窩裡面的其他馬毛似乎也加入到這個謀殺中來，互相糾纏在一起，打出了一個又一個結，它們纏得比以前更緊了。

後來，公園裡的這棵樹下面來了一群孩子，他們聽見吵鬧聲就疑惑地向上看，眼睛都集中到了一個雜亂的、滿是羽毛的物體上，這個物體靜靜地懸掛在那裡，一點聲音都沒有。這個地方就是剛才還非常忙亂、非常吵鬧的、充滿活力的麻雀貝迪所在的地方。可憐的蘭迪看起來非常傷心。那些和牠做鄰居的麻雀聽到了牠的呼救聲，就趕緊跑過來和牠一起呼喊，但牠們都幫不了牠。現在牠們都飛走了，回到牠們自己的爭吵和麻煩中去了。

蘭迪四處跳著，呼喊著，或者就張著翅膀靜靜地坐在那裡。過了很長時間，牠才意識到貝迪已經死了，整整一天，牠都竭盡全力想讓牠有些知覺，讓牠重新加入到牠們普通的生活中來。在晚上，牠獨自臥在一棵樹上，天剛亮的時候，牠就忙碌起來，偶爾唱上幾句，在牠的窩旁叫著。在這個窩的邊緣，在那些致命的馬毛中間，貝迪懸在那裡，身子僵硬，非常安靜。

6

蘭迪從來都不是一隻機警的麻雀。牠所接受的金絲雀培訓的確對牠很不利。牠喜歡冒險，對馬車和小孩等都不在意。牠眼前的當務之急更加顯示了牠的這個特點，牠在麥迪遜大道上吃東西，有點無精打采，也就是在這天下午，一個報信的小男孩正坐在一輛馬車上，無聲無息地走過來了。蘭迪還沒有意識到牠的危險，馬車的輪子就已經壓到了牠的尾巴上。牠拚命掙扎，想離開這裡，不管付出什麼代價。最後，牠的右翅膀在馬車的後輪下被壓爛了，就這樣，牠殘廢了。

那個男孩繼續向前走。蘭迪終於飛起了一點，跳向遠處可以藏身的樹中。一個小女孩正帶著一條小狗打這裡經過，小狗看見了蘭迪，非常興奮，就在長凳子之中追著蘭迪，最後終於抓到了殘廢了的蘭迪。這個小女孩把蘭迪帶回家中，她的哥哥覺得她爲這隻麻雀難過得過了分，甚至是把她的細心照顧看做是感情用錯了地方。她把蘭迪小心翼翼地放進一個鳥籠裡，而且非常細心周到地照顧著這個

殘廢了的麻雀。當蘭迪的身體開始復原的時候，有一天牠唱了一首金絲雀唱的歌，讓這個女孩的家人都大吃了一驚。

這在這個家庭裡引起了一陣混亂。一個報社的記者聽說了這件事，就爲蘭迪寫了一篇報導，這篇報導正好引起了那個第六大道上理髮師的注意。他帶著許多證據來到這個女孩家，說他想帶回他的鳥，最後，他們同意了。

因此，蘭迪再次回到籠子裡，被照看得非常仔細，吃得也很好，成了一個小世界裡的中心人物，一點也沒有不高興的樣子。畢竟，牠從來都不是一隻眞正的野鳥，最初讓牠獲得自由的僅僅只是因爲一場事故。牠在外簡短的生活歸結在一起是一連串的風暴和事故，一場事故又把貝迪從牠身邊帶走，另外一場事故又讓牠重新開始了籠子裡的生活。相較來說，這裡的生活是平靜的，沒有什麼波折，而且還給了牠一個培養自己音樂天才的機會，因爲牠到了一個特別的音樂學校，牠的導師和養育牠的父母隨時都在旁邊。

有時候，當牠獨自待著的時候，牠會開始用小棍子建造一個粗糙的鳥窩，讓

自己高興些，但是牠看起來牠有犯罪感，因爲不管是誰想要接近牠，牠都把這個窩放在籠子的角落裡。如果給牠幾根羽毛，牠就先把羽毛放進那個窩裡，但第二天早晨，這些羽毛卻在下面的地板上。牠堅持不懈地嘗試建造一個鳥窩，這說明牠需要一個妻子。

人們爲牠尋找了好幾個新娘，但結果都是不愉快的。每一次，如果沒有人爲的即時干預，流血事件肯定會發生，那個新娘不得不被人營救出去。因此，人們放棄了嘗試。很明顯，這個音樂家再也不願意有一個新的愛人了。牠的歌曲聽起來就像戰爭一樣，這個理髮師發現，當牠想激發蘭迪用音樂表達效果的時候，僅僅需要讓牠搞些破壞，不是破壞一隻金絲雀的雕像，而是一隻用填料裝好了的假公麻雀。在這樣的情況下，蘭迪就會產生激情，如果這個假麻雀的喉嚨上有一塊非常明顯的黑色標誌，蘭迪幾乎就能獲得靈感。

儘管如此，這也僅僅是附帶的遊戲。蘭迪把最好的能量都奉獻給了音樂。如果你無意中到了這個理髮師的店裡，你就會看見這個很有活力的、寂寞的麻雀。

當牠致力於音樂的時候，牠甚至會忘記人們對牠的關照、忘記快樂、忘記充滿激情的生活中的各種委屈，就像那些周遊世界的修道士一樣，這些快樂的事情對牠來說很難。

牠很高興地回到牠的小房子裡去，在那裡，牠把牠剩下來的日子都奉獻給純潔快樂的精神生活。

小熊喬尼

1

喬尼是一隻很奇特的小熊，牠和媽媽歌蘭木佩一起住在黃石公園裡。許多的熊家庭都在噴泉賓館附近找到了滿意的家，喬尼家就是其中之一。

噴泉賓館的周圍是森林，賓館要求服務人員把廚房裡的垃圾倒在森林裡的一片空地上，因此，住在這裡的熊每天都能好好地吃上一頓飯。政府頒佈了一套土地法案，規定這個公園爲動物的避難場所，保護野生動物不受傷害。也就從這一年開始，每一年這裡的熊的數量都在增加。牠們已經接受了人類提供給牠們的和平相處的優惠條件。

賓館裡的工作人員對許多熊都非常熟悉，他們根據這些熊的長相或其他特徵，爲牠們取了各種名字。苗條的吉木腿很長，長得很瘦，身上是黑色的。斯奴飛也是一隻黑熊，牠看起來總是洋洋自得。費荻長得很胖，牠很懶，經常躺下來吃東西。還有那一對雙胞胎，牠們還沒有完全發育成熟，還是粗小熊的樣子，經常一起來一起走。但他們最熟悉的是歌蘭木佩和喬尼。

在那些黑熊之中，歌蘭木佩是個頭最大，也是最兇猛的一隻熊。喬尼顯然是牠唯一的孩子，牠是一個非常特殊、非常煩人的小東西，因爲牠彷彿一直都在不停地嘮叨和發牢騷。這也許是說明牠病了，因爲一隻健康的小熊不會經常發牢騷，在這個公園裡，牠是最可憐的一個。牠的外表顯示出牠消化不良，對於這一點，當我看見牠在那個垃圾堆上吃著那些可怕的混合食物的時候，我就非常理解了。牠似乎認爲不管是什麼東西，都應該嚐嚐看。牠的媽媽又很順著牠的意思，允許牠這樣做。因此，不管怎樣，這應該是歌蘭木佩的錯，因爲牠不應該允許牠做這樣的蠢事。

喬尼的腿只有三條是好的，身上的毛已經褪色了，滿是污穢，牠的四肢都非常瘦弱，耳朵和肚子卻非常大，與其他部位很不成比例。但是牠的媽媽卻把牠當成了牠的全世界。

只有牠相信喬尼是一隻漂亮的小熊，是所有小熊中的王子。因此，牠當然對

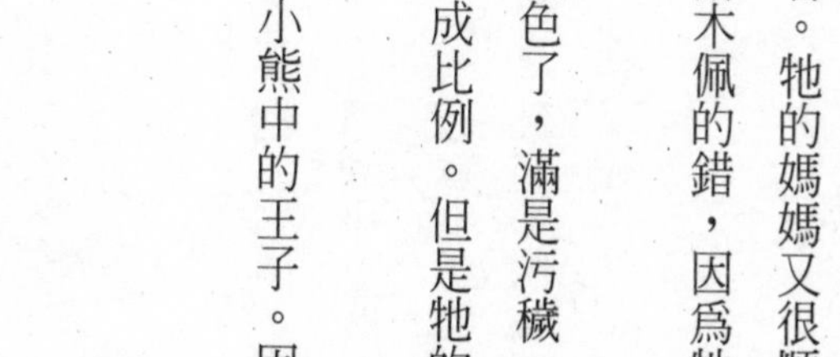

喬尼非常溺愛，把牠寵壞了。牠時刻都準備好要介入牠的麻煩，為牠辯護，牠也經常很高興地把牠帶到容易出事的地方。雖然總是會遇到小小的失敗，但喬尼卻不是一個傻瓜，因為牠總是正好知道自己想要的是什麼，以及怎樣才能得到自己想要的東西，而這個前提是牠總能逗著媽媽，把自己帶到那個地方。

2

在一八九七年夏天，我認識了牠們。我在這個公園裡研究動物的家庭生活，有人告訴我，在噴泉賓館旁邊的樹林裡，無論何時我都可以看見熊，剛開始我當然不相信這些話，但是到了這個賓館以後，我剛走出後門五分鐘，就突然看見對面有一隻巨大的黑熊帶著兩隻小熊。

我停下來，心裡感到有點震驚。那隻大熊也停下來，坐在那裡盯著我。這隻熊媽媽古怪地叫了一聲，向附近的一棵松樹看去。那兩隻小熊似乎知道這是什麼意思，立刻朝這棵樹跑去，很快就爬上那棵樹去了，像兩隻小猴子一樣。

當牠們安全地上到了高處以後，像小男孩坐在樹上那樣，用牠們的手抓住樹枝，而牠們小小的黑色的腿則在空中搖搖擺擺，等著看下面接下來會發生什麼事情。

這隻熊媽媽仍然坐在地上，然後站起來慢慢向我走過來，實際上我感覺到非常不舒服，因爲牠站起來有六英尺高，很明顯，牠從來沒有聽說過人類眼睛的不可思議的能力。

我甚至沒有堅持爲自己進行防衛，牠低低地叫了一聲，儘管我以前已經相信其他人說的，熊能保持牠們和人類之間的休戰狀態，但那時候我已經準備撤退到賓館裡去了。就在這個轉折點，這隻母熊停了下來，現在離我只有三十英尺遠，繼續平靜地觀察著我。牠似乎猶豫了一分鐘，但很明顯是已經下了決心：「雖然那個人可能還不錯，但我不能拿自己的孩子來冒險。」

牠抬頭看看自己的兩個孩子，牠們讓牠滿懷希望。母熊發出一個很特別的信

號，當牠們聽到這個信號，就像非常聽話的孩子一樣，立刻就跳了下來，因爲這是媽媽的命令。從牠們身上，我一點都看不出人們所說的那種笨重的熊樣，牠們靈巧地從一個樹枝跳到另一個樹枝，直到完全落地爲止，然後就和牠們的媽媽一起鑽進樹林裡了。

對這些小熊能立即服從媽媽的命令這件事，我覺得很好笑。牠們的媽媽一告訴牠們去做什麼事情，牠們就立即執行命令，牠們甚至連一點兒異議都沒有提出來。但是我也發現這樣做有很好的理由，因爲如果牠們沒有按照媽媽的指示行事的話，牠們馬上就會被重重地打一下，讓牠們痛得大喊大叫。

這一次去偷看熊的家庭生活是件非常愉快的事情，即便我看到的東西就到此爲止，也實在很值得。但是我那些在賓館工作的朋友們說，那不是看熊最好的地方。他們告訴我應該去那個垃圾堆上看看。這個垃圾堆在森林裡面大約四分之一英里遠的地方。他們說我在那兒肯定能看見許多熊，我想看見多少，就能看見多少——這聽起來眞荒謬。

第二天一大早，我就走到那片松樹林中，號稱大宴會廳的大垃圾堆，藏在附近的灌木叢中。

沒過多久，一隻巨大的黑熊就從樹林裡悄悄向這個垃圾堆走過來，牠開始翻著這些垃圾，吃著可以吃的東西。牠非常緊張，只要有一點輕微的響聲，牠都會坐在那裡向周圍看看，一旦受到某件小事的驚嚇，就立刻跑到幾碼外的地方。最後，牠把耳朵豎了起來，匆忙跑進松樹林裡，而就在這個時候，另外一隻黑熊出現了。牠同樣也是一副膽小的樣子。最後，我搖了搖那些灌木，想把牠看得更清楚一點，但牠趕緊逃跑了。

我剛開始還非常緊張，因爲任何人都不能帶著武器走進這個森林公園。但是看這些熊都這麼膽小，我又有了信心。從那之後，我就忘記了周圍的一切，專心看著這些偉大的、毛髮亂蓬蓬的動物過著牠們的家庭生活。

很快我就意識到，要是我一直待在這個灌木叢裡，我是不可能像我所想像的那樣近距離地觀察牠們的，因爲這個灌木叢離那個垃圾堆有五百碼遠。

現在附近沒有熊，因此我就做了我唯一能做的那件事：我走到那個垃圾堆旁邊去，在那裡挖了一個洞，大得足夠讓我躲在裡面。我一整天都待在那裡，四周都是捲心菜的爛莖、從馬鈴薯上剝下來的腐爛的皮、西紅柿罐頭、臭烘烘的肉，這些東西在我旁邊堆成了非常難聞的大垃圾堆。

儘管我的腦子裡閃過無數奇妙的鏡頭，但這實在不是一個讓人喜歡的地方。實際上，我身上的味道非常的難聞，當我回到賓館的時候，服務人員甚至不讓我進去。最後，我不得不到樹林裡面換衣服，他們才同意讓我回到自己的房間。

那天的經歷實在是一場讓人難受的折磨，但我的確看見熊了，我的希望也得到了讓人滿意的結果。假如每一次來到垃圾堆前的熊都不重複的話，我算了一下，我看見的至少有四十隻。當然，實際情況不是這樣，因爲那些熊總是來來去去。然而我相信那裡至少有十三隻熊，因爲有陣子，我的周圍一次就有十三隻。

那一整天，我都在用筆記本和分類薄對這些熊進行記錄和分類。對於每一隻來到垃圾堆前的熊，我都馬上記錄下牠們大致的情況，希望能瞭解牠們的生活方

式和個性，而透過這種方式，我也很快就實現了自己的願望。

許多不留心的人都會認爲所有的黑人，或者是所有的中國人，以及所有的同一類動物，實際上都很相似。但是，正如每一個人都與另外一個人不同一樣，每一個動物也都與牠的同伴有不同之處，否則，做父母的怎麼能認出牠們的伴侶，或者是孩子們怎麼能認出牠們的父母？而實際上，牠們是肯定能認出來的。

這些正在大吃大嚼的熊在這一點上給我了一個很好的解釋，每一隻熊都有自己的個性，在外表和特性上，任何兩隻熊都不是非常相像。

一個奇怪的現象也出現了：我可以聽見啄木鳥在一百碼以外的樹林裡啄著樹幹，也可以聽見山雀嘰嘰喳喳的叫聲，聽見藍松鴨的叫聲，甚至是松鼠奔跑著穿過森林滿是樹葉的地上。然而，我沒有聽見過這些熊中的任何一隻向我走過來的聲音。牠們巨大的腳掌總是非常準確地恰好走到牠想到的那個點上，甚至連一根小樹枝都不弄斷，不讓樹葉發出響聲，這充分顯示出牠們在樹林中悄行這門藝術掌握的有多麼完美。

3

整個早晨，一直都有熊來來往往，或者是在我的藏身地附近徘徊，牠們都沒有發現我。除了一兩聲簡短的爭吵外，沒有什麼值得記錄的有趣事情。但在下午大概三點鐘的時候，這個地方就變得活潑多了。

這個大垃圾堆上有四隻大熊正在吃東西。中間的那一隻是費荻，長得很胖，在牠吃東西的時候，全身平躺在垃圾堆上，顯得非常滿足，眞是一幅絕妙的圖畫。牠噴出一陣氣息，爲了節省自己的體力，減少麻煩，牠就伸出又長又紅的舌頭，像一條大毒蛇一樣，把舌頭伸得越來越長，尋找爪子搆不著的食物。

費荻的身後是苗條的吉木，牠正在翻弄著一個龍蝦罐頭，彷彿對龍蝦的吃法和性質很迷惑。在牠所有的經驗中，從來沒見過這種東西，但牠的原則是：「在有疑問的時候，可以冒險試試。」這條原則在這裡的熊身上是很有名的，牠就這樣解決了這個難題。

另外兩隻熊正非常敏捷地清理著水果罐頭。柔軟的熊掌可以拿好罐頭瓶，而長長的舌頭則可以一次又一次飛快地從那個狹窄的開口伸進去，避免碰到瓶口鋒利的邊緣，直到把罐頭瓶清理乾淨，品嚐完裡面的美味。

這個田園式的溫馨場面持續了很長時間，足夠讓我把牠們的形象勾畫出來，但後來，這個景象卻突然結束了。我突然看見垃圾堆頂上有什麼東西在走動，從所有的熊過來的那個方向，現在又出現了一隻昂首闊步走著的大黑熊，牠還帶著一隻非常小的小熊。這就是歌蘭木佩和喬尼。

這隻母熊傲慢地走向垃圾堆，向這堆美食走過去，喬尼在牠旁邊蹣跚走著，一邊走一邊抱怨，但牠的媽媽仍然熱切地看著牠，像一隻老母雞熱切地看著自己唯一的小雞。牠們到了離垃圾堆還有三十碼遠的地方，歌蘭木佩轉向牠的兒子，向牠說了些什麼話，從牠說話的效果看，那意思肯定是：「喬尼，我的孩子，我覺得你最好先待在這裡，讓我先去把那些傢伙趕走。」

喬尼非常聽話，就站在那裡等著。但是牠想看一看，因此，就坐在牠的後腿

上，眼睛睜得大大的，耳朵也豎了起來。

歌蘭木佩大踏步地走過來，顯得非常高貴。牠一邊向這四隻熊走過來，嘴裡還一邊發出警告的訓斥聲，讓牠們走開。這四隻熊正全神貫注地吃著美味，一點都沒有留意到另外一隻熊正向牠們走過來，直到歌蘭木佩已經離牠們只有十五英尺遠，發出一陣連續又響亮的咳嗽聲時，牠們才聽見牠的警告。非常奇怪的是，牠們並沒有要反抗的意思，當牠們一看清楚來的是誰之後，立刻就散開，向樹林裡面逃去。

苗條的吉木有四隻非常優秀的腳，可以保護牠的安全，牠跑在幾隻熊的最前面。另外兩隻熊跑在吉木身後不遠的地方，但可憐的費荻卻直喘粗氣，因爲太肥胖了，只能蹣跚地走著。牠也跟著前面的三隻熊逃命，但是動作很慢，而對牠來說，另一件不幸的事是牠逃跑的方向正對著喬尼，因此歌蘭木佩只用了幾個跳躍就趕上了牠，在牠的屁股後面很響地拍了兩下。如果再不跑快一些，肯定會被痛打一頓，至少要讓牠疼得大喊大叫。於是，牠趕緊改變方向，這才保住了自己的性命。

現在，在這一大堆美味中，只剩下歌蘭木佩一隻熊了。牠轉向兒子，喊牠過來。喬尼早就等不及了，立刻按照媽媽的吩咐向垃圾堆跑過來。牠笨拙地用三條好腿跳著，盡可能地跑快一點，在垃圾堆上和媽媽站在一起，牠們開始快樂地吃起來，甚至連喬尼都停止了抱怨。

喬尼以前應該曾經來過這裡，因爲牠看起來似乎非常熟悉這些用罐頭裝起來的食物，就好像牠認識這些商標一樣，只要能找到那些曾經裝過果醬的瓶子，龍蝦罐頭就對牠產生不了吸引力。罐頭給牠帶來許多麻煩，因爲牠太貪婪，或者是太笨拙了，無法自己躲避被鋒利的瓶子邊緣割傷的危險。一個很誘人的水果罐頭上有一個洞，這個洞很大，牠認爲自己能勉強把頭塞進去，過了幾分鐘，牠達到了目的，非常高興，使勁地舔著罐頭瓶最底部的東西。但是，當牠想把自己的頭從裡面抽回來的時候，卻遇到了麻煩，牠的痛苦也因而開始了——牠發現自己被這個洞套住了。牠的頭無法從罐頭瓶裡鑽出來，牠使勁抓著，大聲尖叫，像其他

被寵壞了的孩子一樣。牠的媽媽雖然似乎也不知道怎樣才能幫牠，但也盡了最大的努力。最後，牠終於把罐頭瓶從自己的頭上甩下來之後，牠立刻就爲自己報仇，使勁地用爪子敲打著這個鐵罐子，直到把罐子砸成平的。

喬尼又看見了一個很大的糖罐，這讓牠高興了很久。這個糖罐曾經有個蓋子，罐口很圓也很光滑，但罐口不太大，牠無法把頭鑽進去，而且即使牠已經把舌頭伸到最長，還是搆不著裡面最豐美的糖。非常偶然的，牠很快就發現了一個辦法：牠把小黑胳膊塞進罐子裡，在裡面攪了攪後拉出來，然後再把胳膊上沾到的甜東西用舌頭舔乾淨。在牠舔這隻胳膊上的糖時，牠另一隻胳膊又伸進去弄了不少出來，準備享用。牠一次又一次地重複著這些動作，直到罐子變得非常乾淨，就像剛出廠時一樣。

一隻壞了的老鼠夾子似乎讓牠很感興趣，牠用兩隻前爪把夾子抓住，夾子內的彈簧對稱地反彈到牠的後腳上，牠緊緊地抓住夾子仔細研究。夾子裡面的乳酪味道實在是好極了，但是當牠拍打夾子的時候，這個夾子的反應的方式實在是太

稀奇了，牠立刻後退並喊著讓媽媽幫牠。媽媽把頭先放在夾子的這一面然後又放在那一面，非常嚴肅地對它進行了檢查，然後就把舌頭捲成一個小管子伸進去，得到了那一小片可口的乾酪。

喬尼顯然從來沒有聽說過肉毒胺中毒的事情，因爲所有的一切似乎都沒有出錯。當牠把果醬和水果都吃完了以後，牠的注意力轉向了龍蝦和沙丁魚罐頭。即使是一大塊牛肉，牠也一點都不感到害怕。牠的肚子脹起來了，像個氣球，因爲牠實在是舔了太多糖了，而牠的胳膊看起來很瘦弱，而且閃著光，彷彿戴著一件用絲綢做的黑色長手套。

4

我突然想到，自己現在眞的是處在一個非常危險的地點。因爲驚嚇一隻沒有家庭負擔的熊是一回事，但驚嚇一個熊媽媽的孩子，從而激起這個壞脾氣媽媽的

憤怒，就是另外一回事了。

「假如，」我這樣想著：「假如那個任性的小喬尼走過這個垃圾堆的終點，而且發現我待在這個洞裡的話，牠將立刻哇哇亂叫起來。而牠的媽媽肯定會認爲是我傷害了牠，連一個解釋的機會都不會給我，牠一定馬上就把公園裡的規則拋到九霄雲外，讓這件事情變得非常不愉快的。」

非常幸運的是，喬尼在那些果醬罈子的地方停了下來。牠站在這些罈子旁邊，而歌蘭木佩則站在牠旁邊。後來，牠看媽媽拿了一個罐子，這個罐子比牠能找到的任何一個都要好，牠就叫著跑過去，想把媽媽的罐子拿過來，就在此時，牠剛好向這個垃圾堆的斜坡上瞟了一眼。在那裡，牠不知道看見了什麼，讓牠立刻站了起來，嘴裡驚慌地叫著。

牠媽媽立刻轉過身來，站起來看究竟出了什麼事情，「這個孩子看見什麼了？」

我順著牠們的目光看去，哦，在那兒，眞可怕！

那是一隻巨大的灰熊。牠簡直是一個妖怪，看起來像一個穿著毛皮的公共汽車，牠從樹林中間走過來了。

喬尼立刻嗚嗚地哭起來，趕緊躲到媽媽身後。歌蘭木佩發出一聲深沈的咆哮，身後的毛髮一根根的豎了起來。我也非常緊張，但是我盡可能地保持安靜。

這隻大灰熊走過來了。牠寬闊的肩膀一直滑到身體的兩側，牠那銀色的長袍上每一根線都在搖擺，像一隻大象身上的服飾，給人一種膽戰心驚的震撼。

喬尼開始哭得更響了，雖然我並不想加入到牠們的這場糾紛中去，但我現在已經完全同情牠了。猶豫了一會兒，歌蘭木佩轉向牠吵鬧的孩子，跟牠說了些什麼，我聽起來像是兩三聲短暫的咳嗽，但是我認爲牠實際上是在說：「孩子，我覺得你應該馬上爬到那棵樹上去，讓我去把那個畜生趕走。」

無論如何，那就是牠讓喬尼做的事。但是喬尼沒有任何想做其他有趣事情的念頭，牠想看看接下來將要發生什麼事情。牠用來藏身的那棵松樹上的樹枝非常稠密，牠對這些總是很不滿意，但是在保證自身安全的情況下，牠爬到了最高處

那個能支持牠體重的樹枝上，從那裡向下查看。從我這裡看來，牠高高地懸在那兒，正對著藍天，牠蠕動著，拉長聲音叫著，非常興奮。那個樹枝非常小，牠的體重把樹枝都壓得彎了下來。牠不停地變換位置，一會兒搖到這兒，一會兒又盪到那兒，我隨時都擔心樹枝會突然折斷。如果在牠盪到我這邊來的時候，樹枝突然斷了的話，喬尼肯定會正好落在我的身上，這導致的結果很可能就是我得面對牠的媽媽。但是喬尼瘦弱的四肢比它們看起來的樣子更強壯一些，或者也許是喬尼有豐富的經驗，牠既沒有沒抓住，也沒有把樹枝折斷，這種尷尬的事情才沒有發生。

與此同時，歌蘭木佩走過來迎戰這隻灰熊。牠盡可能將身體撐高地站在那裡，把所有的毛髮豎立起來，然後咆哮著，使勁地咬著牙，面對著這隻灰熊。

我從這隻灰熊的表現上看來，牠並不在意歌蘭木佩。牠大踏步地走過來，直接向那個垃圾堆走去，彷彿這裡只有牠一個。但是歌蘭木佩走近牠，離牠已經不到十二英尺遠了，牠短暫地咳嗽了一聲，向牠挑戰。

歌蘭木佩在灰熊的耳朵上重重地敲了一下。這隻灰熊非常吃驚，但牠的左胳膊立刻進行反擊，把歌蘭木佩像一大袋乾草一樣打翻在地上。牠們又互相牢牢地抓住了對方，滾了一圈又一圈，重重地敲打對方，咆哮著，用鼻子使勁地哼叫，弄得到處都是灰塵，並發出非常大的喧鬧聲。但是在所有這些噪音中，我還是能清楚地聽到喬尼的叫聲，牠正在樹頂上用盡全身力氣喊著，很明顯是在給牠的媽媽加油，希望媽媽立刻就幹掉這隻灰熊。

爲什麼這隻灰熊沒有把歌蘭木佩劈成兩半，這我不能理解。牠們戰鬥了幾分鐘，在這期間，除了塵土和飛舞的腿以外，我什麼也看不見。後來，這兩隻熊分開了，也許是雙方協商好了，也或許調節的時間已經結束，有一會兒，牠們站在那裡，盯著對方看，而歌蘭木佩是喘得比較厲害的那一個。

這隻灰熊也許原本想讓這件事情到此爲止，牠並沒有要打架的意思。喬尼也不覺得灰熊很討厭，牠只是想安靜地吃上一頓飯。但是不能！就在灰熊邁步走向這個垃圾堆的時候，歌蘭木佩認爲牠是衝著喬尼來的，因此牠又向牠走了過去。

但是這一次，這隻灰熊已經有所準備。只一個回合，牠就把歌蘭木佩擊倒在地上，讓牠重重地摔在一個巨大的、朝上翻的松樹根上了。這一次，歌蘭木佩搖晃得非常厲害。又一次沉重的打擊，牠被重重地摔倒在那些滿是棱角的樹根上，讓牠痛得一點戰鬥力都沒有了。牠匆忙爬過樹根試圖逃跑，但這隻灰熊現在已經發了瘋，牠想懲罰牠，所以立刻衝向這個樹根旁邊。有一分多鐘，牠們圍著這個樹根不停地急轉彎，灰熊追著歌蘭木佩，但歌蘭木佩很善於奔跑，總是能讓這個樹根擋在牠和敵人中間，而喬尼此時正安全地躲在樹上，繼續緊張地觀看，全身都是騷動的激情。

最後，這隻灰熊明白用這種方法無法捉住歌蘭木佩。於是牠就坐在地上，計畫採取新的行動。老歌蘭木佩見機不可失，向前猛地一衝，從這個樹根處跑掉了，一下子就上到了喬尼正待著的那棵樹上。

喬尼下來了一點點，迎接牠媽媽，也或許是因爲如果牠這樣做的話，這棵樹才不會被折斷，因爲樹上的重量又大大地增加了。我從藏身的地方偷偷拍下了這

個有趣的鏡頭，我想我必須弄到一張好照片，不管花費什麼代價。在這一整天，我第一次從這個洞裡跳了出來，在這棵樹下面奔跑著。這個動作被證明是錯誤的，因爲在這個地方，低處的樹枝非常稠密，擋住了我的視線，實際上，我根本看不見樹頂上的兩隻熊。

我離這棵樹的樹幹很近，我向四下看看，尋找一個能讓我拍照的機會，而就在這個時候，老歌蘭木佩開始從樹上爬下來了，牠一邊下、一邊把牙咬得咯咯響，把威脅的怒吼朝我發了過來。我迷惑地站在那裡，突然聽見身後有一個聲音在喊：「先生!你得小心點，那隻母熊有可能要傷害你。」

我轉過身來，看見一個人正騎在馬上，他也是從那個賓館來的。他剛才在追著牛，偶然路過這裡，正好看見這件事情。

「你認識這些熊嗎?」我說。他正要上馬。

「哦，認識。」他說，「那個在樹上的小熊是喬尼，牠可是個小怪物。那隻大熊是歌蘭木佩，牠是一個大怪物。一般來說，牠是友好的，但是當喬尼那樣大

喊大叫的時候，牠確實變得很凶。」

「牠下來的時候，我想給牠拍張相。」我說。

「我告訴你該怎麼辦；我騎在馬上站在你旁邊，如果牠想找你的麻煩，我可以攔住牠。」這個人說。

歌蘭木佩慢慢地從樹上下來了，從一個樹枝攀到另一個樹枝上，嘴裡咆哮著，發出警告的聲音。這時候，他按照原訂的計畫站在我旁邊。但是，當牠快要到達地面的時候，從那個樹幹離我們比較遠的那一端滑了下來，跑進樹林裡面。牠吵嚷著威脅我們，沒有任何行動。就這樣，喬尼又被孤伶伶地留在樹上。牠爬上原來待的地方，重新繼續牠單調的哭泣。

「哦，親愛的媽媽！哦，親愛的媽媽！哦！」

我把相機準備好，安排好距離和方位，以便拍攝到牠最具特色的悲傷表情。突然，牠開始直起脖子大聲喊著，就像牠剛才在那場戰鬥中做的那樣。

我順著牠的鼻子所指的方向看。噢！那個瘋狂的灰熊直接向我走過來了。不是衝過來，而是邁開大步走過來。

我對我的新朋友說：「你認識這隻熊嗎？」

他回答說：「哦，我認識，他就是那隻大灰熊。牠是這個公園裡最大的一隻熊。牠通常只考慮自己的事情，但是牠並不是絕不驚嚇別人。就像今天，你看，牠就嚇著了別人，牠也有粗魯的一面。」

「我想給牠拍張照片。」我說，「如果你願意幫我的話，我想碰一下運氣。」

「沒問題。」他說，還笑了一下。「我騎在馬上站在你旁邊，如果他向你衝過來，我就把牠趕走。我能立刻就把牠打趴下，但是我無法連打牠兩次。你最好先選好一棵樹。」

那裡只有一棵樹可以選擇，那就是喬尼待的那棵樹，所以說前景並不樂觀。我想像著自己爬上樹，緊挨著喬尼，然後，喬尼的媽媽又上來了，對著我大呼小叫，而那隻灰熊想在下面把我捉住，歌蘭木佩想要把我扔下來。

那隻灰熊上來了，我在離牠四十碼遠的地方爲牠拍了一張快照，然後又在二

十碼遠的地方拍了另一張。牠繼續沈著臉向我走過來。我坐在那個垃圾堆上，準備好拍照。十八碼，十六碼，十二碼，八碼，牠還在繼續向我走過來，而此時，喬尼的呼喊也隨著距離的縮短而越來越高。最後，牠離我只有五碼遠了。哦，牠停下來了，牠把巨大的熊腦袋搖到一邊，看看是什麼東西在樹上大叫，究竟是誰在使讓事情複雜化。牠對我約略地看了一眼，我立刻按下照相機的快門。這一個卡嗒的響聲讓牠又轉向了我，嘴裡發出像打雷一樣的吼聲。我靜靜地坐在那裡，渾身發抖，不知道這會不會是我生命中的最後時刻。有一秒鐘時間，牠盯著我看，我注意到牠兩眼中那小小的、綠色電燈一樣的光芒。然後，牠慢慢地轉過身去，撿起地上的什麼東西——哦，是一個很大的番茄罐子。

「天哪！」我想，「牠是衝著我來的嗎？」但是牠把番茄從罐子裡舔出來，扔到地上，又拾起另外一個。從這以後，不管是對我還是對喬尼，牠都沒有在意，很明顯地，牠是認爲我們都不值得牠注意。

我慢慢向後退，對牠高貴的姿態滿懷敬意，讓牠繼續吃那些垃圾，而喬尼則

繼續從牠安全的棲息地高聲叫著。

自從這件事情發生以後，歌蘭木佩究竟遇到了什麼事情，我一點都不知道。

喬尼傷心地哭了一會兒，意識到自己的叫喊沒有聽眾，就非常明智地停止了哭叫。現在牠沒有媽媽爲牠做打算，牠開始爲自己制訂計劃，這使牠看起來比剛才好多了。進行了觀察之後，牠的小黑臉上顯得非常狡猾，牠等灰熊走遠到一定的距離之後，就悄悄地從樹上溜下來，雖然牠只有三條腿可用，但牠還是跑得像野兔一樣快，立刻就逃到旁邊的另一棵樹上，在到達這棵樹最頂端的安全地方之前，牠連停下來喘口氣都沒有。因爲牠相信那隻灰熊唯一想殺死的目標就是牠，而牠似乎非常清楚牠的敵人不會爬樹。

這隻灰熊又做了一次長時間的安全視察，看來牠真的沒有注意到喬尼。喬尼又衝向另一棵樹，透過狡猾的僞裝來誤導牠的敵人，乘機進行變換。就這樣，牠從一棵樹衝到另一棵樹，到每一棵樹上都爬到最高處，雖然這棵樹可能離上一棵樹只有十英尺遠，但牠還是決定用這種方法——一棵樹挨著一棵樹地慢慢地逃

跑，一直到最後消失在樹林裡。在這之後，過了大約十分鐘，牠的聲音又傳了過來，在微風中飄盪，習慣性地發著牢騷，哭泣著，於是我明白牠已經找到媽媽，又重新開始向牠媽媽撒嬌了。

5

熊打自己孩子的屁股是非常普通的事情。如果歌蘭木佩曾經用這種方法訓練喬尼的話，牠們將會減少相當多的焦慮。

那個夏天的每一天裡，歌蘭木佩都會因爲喬尼而捲入麻煩。但在這所有的遭遇中，最不光彩的事情發生在牠們與這隻灰熊相遇的麻煩後不久。

我是從三個皮膚黝黑的山地人那裡第一次聽說這件事的。他們的話總是非常可靠，像他們的射擊水準一樣高，我相信他們跟我說的每一個字，尤其是這個版本後來又被公園裡的權威人士完全認可了。

在這個垃圾堆上所有的罐頭食品中，喬尼最喜歡吃大的紫色李子。這是牠在進行大量的詳細研究之後才得出來的結論。那些李子的特別氣味總是讓喬尼很著迷。因此，當賓館裡的廚師烤了一大塊李子餡餅時，那些洩露秘密的風就把這件事告訴了遠處樹林裡的動物們，也飄進了喬尼的鼻孔中。

當然，喬尼那時候正在哭。牠媽媽正忙著給牠「洗臉梳頭」，因此牠就更有理由哭了。但是李子餡餅的味道讓牠一下子清醒過來。牠立刻就跳了起來，牠媽媽想拉住牠，但牠使勁地叫著，咬了媽媽一下，然後就趁機跑掉了。歌蘭木佩本來能拉住牠，但是牠沒有拉，牠僅僅是告訴牠說牠不贊成這樣做，然後就跟在牠後面，以免牠受到傷害。

喬尼的小黑鼻子迎風嗅著，徑直往賓館的廚房裡跑去。儘管如此，牠還是採取了謹慎的措施，有時候會爬上一棵非常高的松樹頂上向外看，而歌蘭木佩則停在樹下等牠。

就這樣，牠們接近了賓館的廚房。在最後一棵樹上，喬尼的勇氣消失了。牠

失望地待在高處，用悲傷的表情來傳達牠對李子餡餅的渴望。

歌蘭木佩似乎並不清楚牠兒子究竟是爲什麼而哭的。但是有一件事牠十分肯定：一旦牠向喬尼表示要回到松樹林裡，喬尼就會非常蠻橫、非常悲傷地尖叫著，牠的媽媽只能讓牠離開牠，而牠也沒有要下來讓牠帶走的意思。

歌蘭木佩自己也很喜歡李子餡餅。現在，李子餡餅的味道非常強烈，十分迷人。因此，歌蘭木佩就謹慎小心地跟著喬尼來到廚房門口。

實際上，這些事情並不很奇怪。「活著，讓牠們活著」，這個公園嚴格地執行這個準則，因此，這些熊也經常到廚房門口來撿些吃的。牠們拿了些東西之後，就安靜地回到樹林裡去。喬尼和歌蘭木佩以前都得到過牠們想要的餡餅，但是今天突然出現了另外一個意外。

在這個星期，賓館的人從東方帶來了一隻新貓。雖然牠不過是隻小貓，但也有自己的孩子。就在歌蘭木佩到達廚房門口時，這隻貓正和孩子們一起在廚房的臺階頂上曬太陽。小貓睜開眼睛，看見了這個巨大的、毛髮亂蓬蓬的妖怪正聳立

在牠旁邊。

這隻貓從沒見過熊，而且牠到那兒的時間還很短，甚至不知道熊是什麼東西。牠知道狗是什麼，但眼前這個傢伙比狗大，長得比狗凶，尾巴也比狗短，混身都是黑色的，這和牠曾經夢到的狗太不一樣了，而且這條狗正在靠近牠。牠的第一個想法就是趕緊逃命。但是那些孩子就在牠的旁邊，牠必須照顧這些孩子，至少要保證讓牠們安全撤退。因此，牠就像一個勇敢的小媽媽一樣，在廚房門口的臺階上振作起來，展開了牠的後背、爪子、尾巴，以及所有牠不得不展開的部分，向著那隻熊尖聲叫了起來。牠這個命令是想要讓熊停下來！

牠用的語言肯定是「貓」的語言，但牠對於那隻熊表達的意思是很清楚的，態度也非常堅決。但是歌蘭木佩不僅沒有停下來，而且還根據熊的習慣，立刻就伸出爪子想把這個小小的狂妄者抓住。

歌蘭木佩當時所處的位置讓牠看起來非常高大，這隻貓在牠面前像是一隻微小的動物。老歌蘭木佩不久前才面對過一隻大灰熊，現在又被這樣一個可憐的、

還不比牠的嘴巴大的討厭鬼攔住了。牠爲自己感到害羞，尤其是當牠突然聽見喬尼的哭聲時，牠想起了自己的責任，這個責任爲牠提供了精神支持。

因此牠邁開前腿開始向前走過來。

這隻貓又喊了一聲：「停下！」

但歌蘭木佩根本不在意牠的命令。一隻小貓驚叫了一聲，這也讓這隻貓媽媽鼓起了勇氣。牠向大熊發出了最後通碟，然後，牠立刻用上了自己尖利的爪子和滿嘴憤怒的牙齒，帶著拼死一戰的決心，向歌蘭木佩光禿禿但很敏感的鼻子撲了過去。

剛好，這些爪子都落在這隻熊最不能忍受的那些點上，然後，貓又把爪子伸向歌蘭木佩的兩側，使勁地亂抓一氣，橫掃這隻大黑熊的全身。老歌蘭木佩瘋狂地發動了一兩次襲擊，卻一點用處都沒有。在這種情況下，老歌蘭木佩採取了多數動物在類似的情況下會採取的措施，牠搖著尾巴，從敵人的領地上逃跑，奔向牠自己的樹林裡去了。

但是貓的戰鬥熱情已經高漲起來，牠不再滿足於只把這個敵人驅逐出去，牠想徹底打敗牠，完全摧毀牠。老歌蘭木佩跑得飛快，但不管牠跑得多快，這隻貓都堅持爬在牠身上，使勁地用牠鋒利的牙齒和爪子又撕又咬，像魔鬼一樣讓歌蘭木佩痛苦萬分。歌蘭木佩驚慌失措，身上的毛被揪掉了一簇又一簇。

這對冤家經過的路上，到處都有一個個斑點，那是一小堆一小堆長長的黑毛，這當然都是從歌蘭木佩身上扯下來的，甚至還有流血事件發生，因爲歌蘭木佩身上已經有好幾處傷口了。光榮的勝利當然是很讓人高興的，但是這隻貓卻不滿足於這些，牠繼續騎在熊身上，一圈又一圈地跑著，進行著瘋狂的競賽。歌蘭木佩簡直發了瘋，牠已經受到了無法忍受的侮辱，準備好要和貓進行和談，但這隻貓似乎沒聽見牠咳嗽一樣的求饒聲，像個聾子一樣對牠的求饒不加理睬，誰也不知道這隻貓想要蹂躪歌蘭木佩多久。喬尼站在離廚房最近的那棵大樹的樹頂上，向歌蘭木佩大聲喊叫，歌蘭木佩向牠跑過來，立刻爬上了這棵樹。

顯然，這裡已經是敵人的領地，而且貓已經看見歌蘭木佩有了助手，因此就

聰明地決定不再跟上。牠從正在向上爬的歌蘭木佩身上跳下來到地上，然後就在下面站崗放哨，在樹周圍轉來轉去，尾巴在空中搖過來擺過去，向樹上的熊挑戰，要牠下來。然後，那些小貓都出來了，坐在樹的四周，對媽媽表示讚賞。這兩隻熊一直被困在樹上，直到牠們餓得要死。後來是賓館裡的廚師出來喊牠的貓回去的，但也有人發誓賭咒，說是公園裡的值勤人員把貓帶走的。

6

我最後一次看見喬尼時，牠正在一棵樹上，像往常一樣爲牠的不幸哭泣著，而牠媽媽則在松樹裡亂衝亂撞。牠的肩膀上有一個傷口，而且正在尋找某個傢伙，因爲喬尼的原因，牠想懲罰所有的人。當然，牠想懲罰的不會是那隻大灰熊，也不會是一隻帶著孩子的貓。

現在正是八月初，但在老歌蘭木佩身上已經發生了不少變化，牠對喬尼的溺

愛也似乎減弱了，這能夠透過一個事實表現出來，在這個月快要結束的時候，喬尼有時候大半天時間都待在某棵樹上，很孤獨、很可憐，完全沒有人注意。

在我離開了那個地方以後，才知道關於喬尼故事的最後內容。有一天，天剛濛濛亮的時候，牠跟在媽媽的身後搖搖晃晃地走著，在賓館的後面巡遊。這個賓館剛剛聘來了一個名叫娜拉的愛爾蘭姑娘，她已經開始在廚房裡忙碌起來了。她無意中向外看了看，看見一頭牛待在牠不應該待的地方，就跑出去想把牠趕走。廚房的門正開著，歌蘭木佩覺得廚房有深不可測的恐怖，牠就驚恐地跑起來。喬尼也受到牠的感染，但因爲牠跑得不快，跟不上媽媽，就立刻爬上離牠最近的那棵樹。

非常不幸的是，這棵樹原來只是一根柱子。牠很快就到了樹梢上，離地面大約有七英尺高，牠在那裡一股腦地把悲哀全都倒了出來，倒進了冰涼的晨風中。牠的媽媽則繼續牠的單打獨鬥，這顯然是很正當的。當這個愛爾蘭姑娘走近了以後，看見自己把一隻野生動物趕到了柱子上，心裡覺得非常害怕，而且簡直和牠

的獵物一樣害怕。但在這時候，其他在廚房工作的人來了，認出了大喊大叫的喬尼，就決定把牠監禁起來。

人們拿來了一個項圈和一條鐵鏈，經過了一番掙扎之後——在這期間，好幾個人都被牠弄傷了——這個項圈終於扣在喬尼的脖子上，這個鏈子也在柱子上拴緊了。

當喬尼發現自己被拴住了以後，牠眞是快發瘋，連喊叫都不會了。牠又咬又抓，用嘴巴使勁地啃著，直到筋疲力盡。然後，牠就抬高聲音，呼喊著要媽媽來救牠。有一兩次，歌蘭木佩的確在遠處出現了，但牠一想到要面對那隻貓，就猶豫著無法決定是不是要走過來。再後來，牠就消失了，喬尼被丟在這裡聽憑命運的安排。

牠一會兒拚命掙扎，一會兒大聲哭喊，就這樣度過了這一天中的大部分時間。天快黑的時候，牠再也沒有精力了。娜拉給牠帶來了食物，這讓牠很高興。娜拉感覺到自己受到召喚，要來扮演母親的角色，因爲她已經把牠的媽媽趕走了。

在夜裡，天非常冷，喬尼待在柱子的頂上幾乎快要凍僵之後，才從柱子上下來，接受了人們在地上爲牠提供的那張溫暖的床。

在接下來的那些天，歌蘭木佩經常來到那個垃圾堆。很明顯地，牠很快就成功的忘記兒子了。喬尼每天都由娜拉照看，她給牠帶來很多食物，牠也接受了其他類似床之類的東西。有一天，娜拉正在給牠拿吃的時，牠碰著了娜拉，娜拉就追著打牠，直到牠大聲尖叫起來。牠生了幾個小時的氣，娜拉用這種方式對待牠，讓牠很不習慣。但饑餓征服了牠。從那以後，牠就全心全意地敬重牠這個新監護人了。而娜拉也開始對這個可憐的小壞蛋產生了興趣。還不到兩個星期，喬尼就顯現出了新的跡象。牠的吵鬧聲少多了。牠仍然一直感到饑餓，但現在已經很少尖叫了，牠的蠻橫和胡亂發脾氣也好多了。

到了第三個星期，時節已經到了九月份，牠的變化更明顯了。牠已經完全被自己的媽媽拋棄了，現在牠所有的依賴都集中到了娜拉身上，因爲是她在餵養著

牠，並把牠鞭策成爲一隻非常優秀、行爲端正的小熊。有時候，娜拉會允許牠品嚐一下自由的滋味，牠就會奔向牠最喜歡的東西。牠向娜拉所在的廚房裡跑去，而不是奔向樹林裡，然後就坐在自己的後腿上四處看，緊緊跟在她身後。牠也認識了那隻可怕的貓。但是喬尼現在有一個力量強大的朋友，這隻貓最後也和這個滿身是毛的黑色入侵者和解了。

這個賓館將在十月份關閉，人們開始談論著關於喬尼的將來，討論著究竟是要釋放牠，還是要將牠送到華盛頓動物園去。但是娜拉宣佈說她決不放棄對牠的看護權。

到了九月末，晚上開始結霜了。在這天晚上，喬尼的生活方式得到了很大改善，但寒冷的天氣也讓牠咳嗽了起來。人們檢查了牠的跛腿，最後發現牠的虛弱不是腳的緣故，而是來自於牠屁股上某個部位的痼疾，這意味著牠虛弱的體質是很難改變的。

大多數的熊在秋天的時候都會胖起來，但喬尼沒有，而且牠一直在慢慢地消

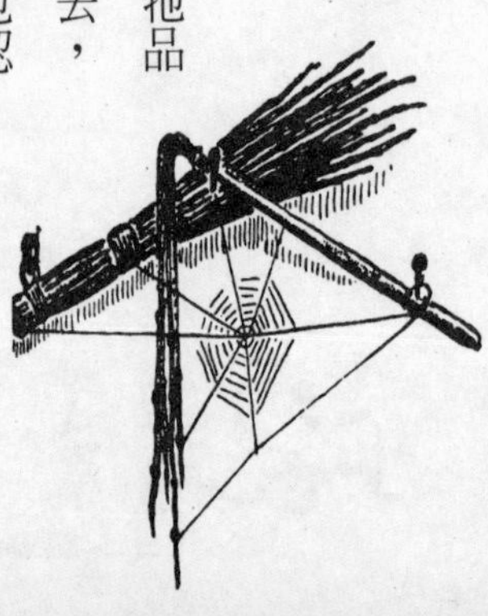

瘦下去。牠小小的圓肚子縮小了，咳嗽也加重了。有一天早晨，人們發現牠病得很厲害，在柱子旁的床上哆嗦著。娜拉把牠帶進屋子裡，這裡暖和一些，讓牠好了不少。從那以後，牠就住在廚房裡了。

有幾天，牠似乎比以前好多了。火爐裡燃燒著旺盛的火焰，這對牠有很大的吸引力。一些新來的人聽說牠在廚房裡，就跑過來看牠，當這些對牠好奇的人推開房門的時候，總會看見牠以那種古老的姿勢安靜地坐在火爐旁。過了一個星期，牠對這些火焰失去興趣，身體一天比一天糟糕。最後，即使牠旁邊有非常有趣的聲音或者場面，牠都不想著去湊熱鬧了，牠從前的種種愛好都消失了。

牠咳嗽的非常厲害，除了被娜拉抱在懷裡的時候之外，似乎一直很傷心。娜拉抱著牠的時候，牠會非常安心地和她擁抱，而當她不得不把牠放下來的時候，牠又在自己的籃子裡哭得非常可憐。

在這個賓館關閉的前幾天，牠拒絕吃牠平常吃的早飯。牠微弱地哭著，直到娜拉把牠抱起來，讓牠坐在膝蓋上。然後，牠就虛弱地偎依著她，柔軟的哭聲變

得越來越微弱。後來，娜拉把牠放下來，準備開始工作，小喬尼已經安詳地閉上了眼睛。牠以前總是焦急地想去看看究竟發生了什麼事情，但現在，牠一點焦急的跡象都沒有了。

水鴨媽媽和孩子們的陸地遷徙之旅

1

在一個長滿了青草的池塘邊，有一隻綠翅膀的水鴨在青草旁邊的莎草叢中安置了自己的家。這個池塘正在瑞頂山的山坡下，從高處往下看，這個池塘就像陽光燦爛的山坡下一個閃光的白斑。有一個人正趕著他吱吱喀喀的牛車經過這裡，眼前的景象在他看來僅僅是一個池塘。池塘邊上是普通的野草，旁邊有一排柳樹和一棵老白楊樹。但是在青草叢中有一隻小水鴨，附近的白楊樹上還住著這隻小水鴨的鄰居們，那就是那些金翼啄木鳥。在小水鴨和啄木鳥的眼中，這個池塘就是一個王國，是一個最完美的天國，因爲這裡就是牠們的家。現在正是愛情蜜月的成熟時期，在愛情的許諾下，牠們隨時都會成爲偉大的母親。青草叢中躺著十隻水鴨蛋，實際上，小金翼啄木鳥差點就打碎了水鴨蛋玻璃一樣的外殼。這些水鴨蛋，也就是那隻小水鴨的十個寶貝，已經不僅僅是有趣的東西了，牠們正在被媽媽孵化，帶著一種睡熟了的表情，很溫暖、有感情、有脈搏，甚至還有聲音。

在這個季節剛開始的時候，這隻小水鴨就失去了愛人，牠消失或者是犧牲了。因爲這裡有很多致命的敵人，認定牠已經死了也是一件很可能的事情，但是沒關係，這隻小水鴨的精力已經完全集中到了牠的家和孩子身上。

六月份中下旬，這隻小水鴨一直非常細心地照料著孩子們，每天只離開牠們一小會兒時間去尋找吃的。在牠外出的時候，牠就把自己胸前的羽毛拔下來一些，仔細蓋在這些孩子們的身上，暫時讓這些羽毛做爲牠們的假養母。

有一天早晨，當牠飛走了以後，這個假養母就幫牠照看著這些還沒有出生的孩子。但它突然聽見一個很不吉利的聲音，這個聲音就在牠旁邊，是從那些濃密的柳樹叢中傳出來的。

在鴨媽媽回家的路上，牠發現了一個人類剛剛留下來的腳印。

那個假養母曾經被動過，但很奇怪的是，那些水鴨蛋都還完好無損地在那裡。那個敵人雖然離得這麼近，卻還是停住了。

隨著時間的推移，牠結束這項偉大工作的日子也快要到來了，這隻小水鴨媽媽感覺到牠心中的母愛正在增強，牠已經準備好要爲這十個孩子奉獻一切，牠強烈的熱愛就要釋放了。牠感覺到牠們很快就不再是蛋，而且很快就能聽見牠們咿咿呀呀的聲音了，牠能跟牠們說話，牠們也將用嬰兒的聲音回答牠關切的問候。那是用一種因爲太美妙而不能被人類聽見、而人類也無法爲它命名的那種聲音和牠交談，當牠們從蛋殼裡出來的時候，許多小水鴨都已經學會了許多簡單的字來進行水鴨之間的交談，這並不是一件奇怪的事情。

在小水鴨的孵化過程中有很多危險，但這些危險很快就過去了。可是現在，又一個新的危機出現了。危險的春天過去了，但已經來臨的夏天卻非常乾旱，很多天都沒有下過雨了。

隨著盼望已久的日子一天天逼近，這個水鴨媽媽越來越沮喪地發現這個池塘正在迅速地變小，它的邊緣已經出現一大塊光禿禿的淤泥。剛出生的小水鴨必須儘快到水裡去，因此，除了馬上就下一場大雨之外，這些將要出生的小水鴨將不得不進行一趟非常危險的陸地之旅。而想讓上天趕快降一場大雨簡直就像加快雛蛋的孵化速度一樣不可能。

這個水鴨媽媽最擔心的事情終於發生了，牠最後幾天的任務就是考慮怎麼走出那片寬闊的淤泥地，這片原來曾經是牠家所在的那片池塘平地。

那些小水鴨最後終於出來了。那些小瓷殼一個接一個地被打破了，每一個蛋裡面都包裹著一隻小水鴨。十個帶著斑點的小球，然後是十雙小小的黃絨毛軟腳丫，十個小小的金盒子裡裝著珍珠一樣閃閃發光的小眼睛，每一對都閃耀著生命的火花。

但是命運卻是如此的不幸。現在，到達一個有水的池塘是決定牠們生死存亡最關鍵的事情。爲什麼上天不給我們三天時間讓孩子們獲得力量，然後才開始這個危險的陸地之旅？水鴨媽媽必須面對這個問題——實際上，牠現在已經面臨著這個問題了，要不然的話，牠就會完全失去牠們。

小水鴨在被孵化出來以後的好幾個小時都不需要吃東西。牠們原來住的地方所提供給牠們的營養能夠繼續支撐牠們的身體，但時間不能很長，一旦用完這些

營養，牠們就必須吃東西。現在，牠們離最近的池塘有半英里路，但目前最大的問題是：這些剛出生的小水鴨能堅持那麼長時間嗎？牠們能夠逃脫這條路上無數的危險嗎？很多動物都會算計牠們，牠們將是許多敵人垂手可得的犧牲品。牠們有很多天敵：獵兔狗、獵鷹、鷹、狐狸、黃鼠狼、山狗、地鼠、地松鼠，或者是蛇等等。

即使這個水鴨媽媽並沒有把這些擔心明顯地表現在臉上，但牠都本能地感受到了。牠緊緊地把這十隻小水鴨摟在懷裡，牠們剛一覺得暖和，並有些活力後，牠就帶上牠們鑽進草叢中。

那些野草的莖密密麻麻的，像竹林一樣擋住了牠們的路。牠們緊張地四下查看，柔軟的小腳總是跌跌撞撞。牠們的媽媽不得不一邊用一隻眼睛照看著這十隻小水鴨，一邊用另外一隻眼睛警覺地觀察著周圍的世界，因爲除了自己這家人以外，牠們沒有任何朋友了。牠們周圍那些無數的生物不是敵人，就是保持中立的折衷主義者。

2

牠們在這片草叢中非常忙亂地走了很長時間，終於爬上河岸，到了那個白楊樹下的樹叢中，在那裡坐下來休息一下。一隻曾在這條路上非常勇敢地奮鬥了很長時間的小水鴨，現在已經非常虛弱，似乎快沒有到達遠處的幸福地帶，也就是池塘的機會了。

當牠們休息一段時間以後，牠們的媽媽低低地叫了一聲，毫無疑問是在叫：「來吧，孩子們。」於是，牠們又出發了，在那些小樹枝中間和兩旁費力地跋涉著，每一個孩子都跟上了媽媽。牠們有時候悄悄地向四周看，有時候突然發現自己被某些樹叢困住了，心裡很著急。

最後，牠們終於到了一片寬闊的空地上。這兒很容易行走，但是也有很大的危險——就是那些鷹。水鴨媽媽在那個樹叢中休息了很長時間，朝每個方向掃視天空，然後才冒險走到空地上。當水鴨媽媽將一切狀況都弄清楚之後，牠吩咐牠的小小軍隊向前衝，越過這片巨大的沙漠，而這個沙漠幾乎有一百碼遠。

那些小水鴨勇敢地跟在牠身後奮力奔跑著，牠們小小的黃色身體抬起到某個角度，翅膀像胳膊一樣伸出來，跟在媽媽身後慢慢地向前推移。

水鴨媽媽急於在一個猛衝中就完成這項工作，但很快就發現這是沒有希望的，只有最強壯的孩子才能跟上牠，其他的就按照虛弱程度，一個接一個地落在後面，費力地拖著牠們的小身軀。現在，這些小水鴨已經在二十英尺遠的距離上拉開了陣線，形成一個小小的隊伍，最虛弱的小水鴨幾乎落在牠前面的那一隻的十英尺遠之後。

牠們不得不在這片空地上進行短暫但又十分危險的休息了。這些小眼睛慢慢走過來了，喘著氣，到了媽媽身邊，非常焦急。水鴨媽媽讓牠們躺在旁邊，直到牠們能繼續向前走。牠該領著牠們上路了，牠溫柔地催促著：「鼓起勇氣來，寶貝！」

牠們到池塘的路走了還不到一半。在還沒有到達那片對牠們友好的樹叢之

前，牠們就已經知道前面的路還很遠。這些小水鴨排成一排，又形成了一個隊伍，大部分的小水鴨都在隊伍的最後面。突然，一隻沼澤鷹出現了，掠過離地很低的地方。

「趴下！」綠翅膀媽媽喘著氣喊著，這些小水鴨立刻趴在地上，讓身子盡可能地平坦，但最後面那一隻小水鴨沒有這樣做。

這隻小水鴨離媽媽太遠了，沒有聽見牠的警告，繼續掙扎著向前走。那隻巨大的鷹突然撲了過來，一下子就用爪子抓住這隻小水鴨。小水鴨傷心地哭著，被這隻鷹抓著飛過了灌木叢。這個可憐的媽媽緊緊地盯著那隻鷹，心裡非常痛苦，但又無計可施，只能眼睜睜看著自己的孩子被這個殘忍的強盜帶走。

這個強盜沒有遇到一點反抗，也沒有遭到任何懲罰。然而，不，不完全是這樣。因爲當牠直接飛向那個池塘的岸邊時，一隻必勝鳥正帶著牠的全家人住在那裡，這隻鷹一不留神就擦過了這個年輕有爲的掠奪者家的灌木叢，這個毫不畏懼的小戰士立刻就尖叫著衝了出來，吶喊著戰鬥的號角，衝上藍天追這個強盜去

了。

這個強盜飛走了，必勝鳥也飛走了。鷹的體形巨大，身體很重，而且非常心虛；而必勝鳥個子雖小但非常敏捷，對什麼都不害怕，像個英雄。牠們飛走了，飛走了，看不見了。在牠們每一次的搏鬥中，必勝鳥都能贏得比分。牠們的聲音在遠處消失了。

雖然說綠翅膀媽媽失去孩子的難過，並不如人類的母親在遇到這種情況時的難過那樣深，但牠的難過畢竟也是眞實的。牠現在有九個孩子需要照看，牠們時時刻刻都需要牠。牠盡量快速地帶著牠們跑進灌木叢，然後才稍稍鬆了一口氣。

從那以後，牠就儘量讓牠們的旅行在隱蔽的條件下進行。後來牠們又走了一個多小時的時間，這期間牠們很少遇到驚嚇，而且休息了許多次，那個池塘已經離牠們很近了。

這些小水鴨非常的累，牠們的小腳丫被擦傷，流出了血，牠們的力氣也很快就要用完了。牠們喘著粗氣，躲在最後一個高高的灌木叢中休息，然後再集體出

發，穿過下一片空地，穿過那棵小白楊樹旁粗糙的空地。牠們從來都不知道，死亡已經以另外一種形式在牠們的足跡上方盤旋。

一隻紅狐狸發現了這隊小水鴨走過後留下來的足跡。牠敏銳的鼻子立刻告訴牠，有很多美味正在等著牠，牠唯一需要做的就是跟上這群小鴨子，並且張開嘴巴。因此，牠偷偷地迅速跟上了這群小水鴨。牠已經看見牠們了。在通常情況下，牠應該能把牠們全部捉住，包括水鴨媽媽和牠所有的孩子，但是這個通常的過程在實施中突然出錯了。

紅狐狸已經離小水鴨非常近了，如果牠會計數的話，牠已經可以數出牠們的數量了。但突然，牠感覺到風中的氣味變了，再仔細檢查一下，是人的氣味，牠吃驚地向四下看，發現一個人正端著槍向牠這邊看。牠立刻把身子低低地蜷縮在地上，然後就偷偷地逃跑了。牠飛快地逃走，誰也沒有看見，甚至是那個非常警惕的水鴨媽媽也絲毫沒有察覺到，這個肯定會要了水鴨一家性命的危險，被一股看不見的力量阻擋住了。

3

這些小水鴨跟在媽媽身後蹣跚地走著，媽媽很快就領著牠們穿過了那片空地。牠們已經到了池塘邊，水鴨媽媽已經看見池塘了。而且讓牠高興的是，這條池塘有條長長的胳膊，而這條胳膊就在牠們眼前，恰好穿過沒有樹的小路。牠徑直向那裡走去，嘴裡興奮地喊牠的孩子們：「快來呀！孩子們！」

但是，哎呀！這片沒有樹的空地是人造出來的，叫做什麼「大馬路」。路兩邊都有一個被壓得非常深的、沒有盡頭的峽谷，人們把這叫做「車轍」。牠的四個孩子都倒在了這第一個車轍裡面。剩下的五個小水鴨用盡各種辦法才爬過了這個車轍。但另外一個車轍卻更深更寬，這五隻小水鴨就被吞沒到裡面了。

哦！天哪！多麼可怕呀！那些小水鴨現在已經太虛弱了，爬不出這些車轍了，而這兩個車轍似乎在兩個方向都沒有盡頭，小水鴨的媽媽不知道該怎麼幫助牠們。孩子們都非常失望，牠則到處奔跑，喊牠們、催促牠們，讓牠們用上所有

的力氣爬出來。就在這個時候，突然發生了一件牠最擔心的事情，有一個最厲害的敵人來了：一個身材高大的人。

綠翅膀媽媽將自己絆倒在這個人的腳下，重重摔在草地上。不要乞求憐憫！哦！不是的，牠僅僅只是想欺騙這個人，讓他相信牠受了傷，這樣的話，他就會跟著牠，牠就能把他帶走了，他也就能放過自己的孩子們了。

但是這個人知道牠的詭計，並不跟著牠走，反而向四周看了看，發現九隻有著小小亮眼睛的小水鴨都掉進那兩個車轍裡了，而且正在那裡掙扎著想藏起來。

他溫柔地彎下腰，一個一個地把牠們都裝進了帽子裡。這些可憐的小東西，牠們哭得多麼傷心呀！可憐的水鴨媽媽，牠爲這些孩子哭得多傷心呀！現在牠以爲牠們都要在牠的眼前被摧毀了，牠在地上捶胸頓足，在這個巨大的痛苦中、在這個可怕的巨人面前號啕大哭起來。

後來，這個無情的怪物走到池塘邊上，水鴨媽媽覺得他是想要喝一杯水，把這些小鴨子從他的喉嚨裡沖下去。他彎下腰，但過了一會兒，那些小水鴨就自由自在地在水上拍打起水花來了。

水鴨媽媽立刻飛了出來，飛到滿是草的水面上。牠喊了一聲，這些小水鴨就向牠滑了過去。牠不知道這個人是牠的朋友，牠從來都不知道這個人就是牠經常乞求的那個保護神。牠對這個人唯一清楚的記憶是：他的出現足以趕走一隻兇猛的狐狸。是這個人從可怕的峽谷中救出了牠們，但他所屬的種族曾經那麼長時間地迫害著牠的同類，因此牠仍然對他滿懷仇恨，牠要永遠恨他。

牠試圖把孩子們帶走，離開這個人。牠帶著牠們直接穿過池塘。實際上，這是一個很大的錯誤，因爲這讓牠們把自己的行蹤暴露給了其他敵人，那些眞正的敵人。那個巨大的沼澤鷹看見牠們了，突然向池塘撲過來，每一個爪子都肯定能抓住一隻小水鴨。

「向草叢中間跑！」水鴨媽媽喊著。但是這隻鷹已經離牠們非常近了。雖然牠們都使勁地奔跑，但牠肯定在一秒鐘之內就能飛到牠們的頭頂。這些孩子還太小，似乎已經沒有逃跑的希望了。突然，就在鷹要對牠們發動突擊的時候，聰明

的水鴨媽媽弄起了很大的一個水花。牠使出全身力氣，把雙腳和翅膀都用上了，牠用水濺把這隻鷹濺了一身。鷹吃了一驚，立刻飛回空中，搖了搖身子，想把身上的水弄乾。這時，水鴨媽媽趕緊催促小水鴨快跑。牠們確實在趕緊逃命，但是這隻鷹又飛下來了，牠又被噴了一身的水。牠向牠們發動了三次突擊，水鴨媽媽則在三次襲擊中都把牠弄了一身水。直到最後，所有的小水鴨都到了草叢中，安全地待在那裡爲止。憤怒的鷹現在又向這個水鴨媽媽猛衝過來。

但是，水鴨媽媽把牠趕走了，牠給了牠一個再見的浪花，然後就輕而易舉地消失了。

牠來到草叢深處，溫柔地呼喊著孩子們。這九個已經累了的小傢伙向牠游過來，牠們就在這個安全的地方休息。

但事情不僅僅如此。牠們的周圍有很多好吃的小蟲子，當牠們正要好好地吃上一頓時，突然聽見遠處有微弱的哭泣聲，那是小水鴨的聲音。綠翅膀媽媽喊了一聲，在那個莎草叢對面，又傳來了一隻熟悉的小水鴨叫聲。綠翅膀媽媽趕緊飛

過去，發現這正是牠剛才丟失的那隻小水鴨。

這隻小水鴨沒有死，那隻鷹的爪子也沒有傷害到牠。那隻勇猛的必勝鳥在池塘邊趕上了那隻鷹。在牠們的第一回合的戰鬥中，這隻鷹尖叫了一聲，把牠的獵物丟了下來。這隻小水鴨毫髮無傷地掉進水裡，然後就逃到了草叢中，直到牠的媽媽和兄弟姐妹們都來到這個池塘。

當然，這隻小水鴨又重新加入到家人之中，牠們在一個大池塘裡生活得非常幸福，直到牠們都長成大水鴨，最後拍著牠們自己的翅膀飛走了。

叮噹

一隻忠實小狗的成長經歷

1

叮噹已經長大，足以認識到自己是隻非同尋常的小狗了。牠的確是隻非同尋常的小狗，但不是牠自己想像的那個樣子。牠既不兇猛也不可怕，既不強壯也不敏捷，但卻是最愛吵鬧、脾氣最好、最蠢頭蠢腦的小狗。牠曾把主人的長筒靴咬成碎片。

牠的主人是比爾·奧布林，牠常年居住在高山地區，於黃石公園中的加尼特山峰下紮營爲家。比爾的帳篷安在一個非常偏僻的角落，遠離人們常走的旅行路線。

在我們來到之前，那裡肯定是個非常孤獨的地方。但是他的夥伴，那隻情緒從不低落的毛茸茸小狗可不這麼認爲。

叮噹從沒安靜地待過五分鐘。事實上，除了讓牠老實待著以外，牠什麼命令都肯聽從。牠老妄想做些荒謬、不可能的事情；即使盡力做些合理的事，也會因爲做事方法不夠好而使努力付之東流。有一次，牠花了整整一上午時間試圖爬上一棵又高又直的松樹，因爲松樹枝上有一隻暗自嘲笑牠的松鼠。

有幾個星期，牠最大的願望就是要捉到一隻金花鼠。金花鼠成群結夥地出現在帳篷周圍的草原上。這種小動物有一手絕活：牠們能筆直地用後腿站立，前爪緊貼在胸前。這種站姿讓牠們看起來就像一根拴馬樁。夜晚來臨時，我們會把馬拴在屋外的樁子上，很多時候，我們都會把金花鼠誤認爲是已經插進地裡的拴馬樁子。只有在金花鼠唧唧尖叫著抗議，並鑽進地洞時，才會發現自己犯了錯。

叮噹剛到山谷的第一天就下定決心要捉住一隻金花鼠。當然，牠用慣常的方法來進行這次行動：像往常那樣，從一開始就做錯了。牠的主人說，這一切都源於牠有部分愛爾蘭血統。

一開始，叮噹會從四分之一英里外小心謹慎地悄悄跟蹤一隻金花鼠。牠胸脯緊貼地面，借助一叢叢蒿草的隱蔽，不斷向前。但這樣爬行一百碼左右之後，牠就會緊張、激動到不行，再也爬不下去了，牠霍地站了起來，沖著金花鼠徑直走

過去。這時，金花鼠正筆直地站在牠的窩邊，對發生的事情看得一清二楚。

叮噹就這樣毫不隱蔽地逼近獵物。一兩分鐘後，牠興奮的忘記了所有謹慎，沖著獵物飛跑過去；最後，就像牠已經完成了所有的跟蹤任務一樣，又跑又跳又叫地衝上前去。

在這個過程中，金花鼠卻像根木樁一樣一動不動，直到叮噹快抓住牠了，才嘲笑般地唧唧叫著鑽到地洞中。同時還用後腿往叮噹急切地張開著的嘴裡刨進許多沙土。

同樣的場面一成不變地重複了一天又一天，但叮噹仍然沒有放棄。牠彷彿相信毅力最後肯定會贏得勝利。的確，牠最後是贏了。有一天，牠發現一隻棒的異乎尋常的金花鼠，於是就用異乎尋常的小心方式來接近獵物。叮噹用盡了所有荒唐可笑的策略，最後完成了輝煌而喧鬧的致命一擊，逮住了獵物。但碰巧的是，這次的獵物卻是一根木頭的拴馬樁。如果有任何人懷疑狗是否能明白自己出了醜，就應該看看那天叮噹是怎樣怯懦地溜走，躲到帳篷後面的。

但失敗影響不了叮噹多長時間。不屈不撓的精神再加上愛爾蘭血統，幫牠度過了一個又一個難關，沒有任何東西能泯滅牠良好的天性。牠精力充沛地做每一件事，沒有絲毫猶豫。只要讓牠保持精神振奮，始終有事情做就行。

每一輛路過的馬車、每一個牛仔、每一頭吃草的小牛都會受到叮噹的騷擾。如果警衛室的貓待在旁邊，叮噹就會認爲把貓趕回去是牠莊嚴而應盡的義務，也是對警衛人員和貓本身負責。牠追跑的速度實在是駭人，有時候，比爾會故意把一頂舊帽子扔到大黃蜂的窩上，命令叮噹拿回來。叮噹就衝過去撿帽子，一天能不厭其煩地來來回回撿二十次。

學習需要時間，不計其數的災禍使叮噹開始明白事理。叮噹慢慢知道許多事情：又大又兇猛的狗會拉著貨車；馬的蹄子上長有牙齒；小牛的親戚頭上有兩個大棒子；一隻行動緩慢的貓實際上可能會是一隻臭鼬；大黃蜂不是蝴蝶。是的，學習過程耗時之長實在罕見，但叮噹最後還是都學會了。牠開始成長爲一隻好狗——儘管一開始這種趨勢非常微弱，但是充滿生命力，不斷成長。

2

如果拿叮噹犯的所有錯誤和牠在那條郊狼身上所作的事相比，這實在是可說是微不足道。那些過去所犯的錯誤彷彿只是構成拱形門的粗糙不對稱的基石，而牠對那條郊狼所做的事卻是拱形門上的拱頂石，使牠的錯誤變得完整無缺。但這件事情同時也使牠的性格變得堅強、完善。

這條郊狼住在離我們帳篷不遠的地方，顯然，牠發現到沒人敢對公園中的野生動物進行任何形式的騷擾，如射殺、設陷阱、打獵等，這些都是明令禁止的。公園中的其他動物也都認識到了這一點。最重要的是，這一地帶靠近軍事巡邏隊，總有軍人值班站崗。

知道這一切之後，這條郊狼認爲自己非常安全，於是曾有一段時間，牠每天晚上都來帳篷邊尋找殘渣剩飯吃。一開始，我只在地上看到牠的足印，牠好像只敢在帳篷周圍轉圈，不敢靠得太近。接著，我們就開始在太陽剛剛落山之後，或者升起之前，聽到牠怪異的夜間嚎叫之歌。然後，我每天清晨出去看夜裡有什麼動物在周圍活動時，都能看到牠在垃圾桶周圍留下的足印，清晰可見。最後，牠膽子越來越大，偶爾連白天都敢出現在帳篷周圍。牠起初還躲躲藏藏的，後來不但每天晚上來，連整個白天都在周圍晃盪，還敢明目張膽地蹲在遠處某個高地上，彷彿對自己擁有的豁免權越來越有把握一樣。只要瞅準沒人在，牠就偷偷摸摸溜進帳篷，什麼吃的都偷。

一天早上，那條郊狼正蹲在五十碼左右之外的河岸上，我們其中一人出於惡作劇心理，對叮噹說：「叮噹，你看見那邊那條朝你咧嘴笑的郊狼了嗎？去！把牠趕跑。」

叮噹從來都會毫不遲疑地執行任何命令。牠極度渴望有機會顯示自己出類拔萃的才能，因此牠在郊狼後面飛速奔跑，窮追不捨；而郊狼則在前面輕快地大步跳躍著。這場精彩的追逐進行了四分之一英里後，情形突然急轉直下：那條郊狼轉身撲向了牠的追擊者。

叮噹馬上就發覺到自己已被引誘進兇狠的韃靼人的勢力範圍之內。牠繃緊了全身肌肉想盡快回到帳篷中來，但郊狼比牠更敏捷，很快就超過了牠。郊狼一會兒咬咬牠左邊，一會兒咬咬牠右邊，還帶著顯而易見的欣喜之情，彷彿以叮噹的痛苦爲代價，開了一系列的玩笑。

叮噹又吼又叫，竭盡全力奔跑。在牠徑直衝進帳篷之前，郊狼一刻也沒有停歇對牠的戲弄；而我們也同郊狼一起嘲笑叮噹。儘管這隻小狗是照命令行事才招來了如此麻煩，但牠卻沒有得到應得的同情。

像這樣的事情後來又發生了一次，儘管沒有這次時間長，卻足以使叮噹感到沮喪。牠決定從此以後再也不理那條郊狼了。

但是，郊狼卻不是這樣打算的。牠已經發現了一種全新且愉快的娛樂方式。現在，牠每天都來，在帳篷周圍晃盪，非常清楚沒人敢射殺牠。的確，我們這群人所有的槍全都被政府部門官員扣下了，而且士兵還到處巡邏來加強法律的實施。

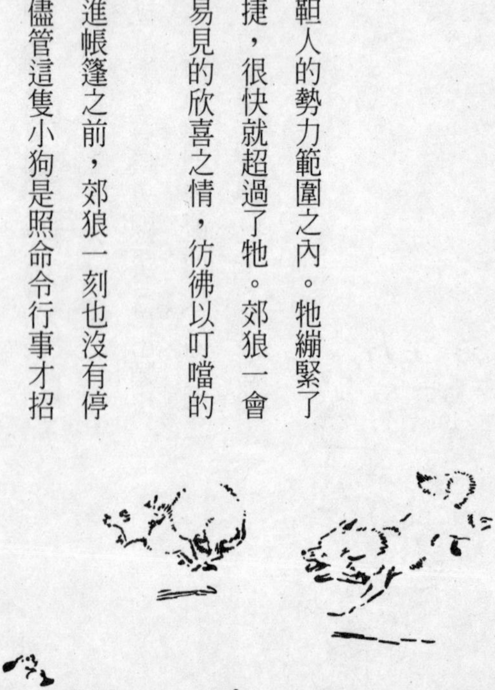

這樣一來，那條郊狼就躺在帳篷旁邊，等著可憐的叮噹出來，抓住一切機會戲弄牠。這條小狗發覺到，只要牠獨自到離帳篷一百碼遠之外的地方，那條郊狼就會跟在牠後面又咬又追，迫使牠回到主人的帳篷中去。

這樣的戲碼每天都在上演，最後，叮噹的生活變得痛苦不堪。牠現在不敢獨自到離帳篷五十碼外的地方去；甚至和我們一起出行也一樣會受到騷擾。我們騎馬，叮噹跟著，那條兇惡的郊狼就肯定會適時出現，肆無忌憚地跟在我們後面，尋找機會折磨可憐的叮噹，把牠漫遊的快樂破壞的一乾二淨。同時，郊狼也會躲在我們的射程之外；只有在我們下馬撿石頭的時候才會離得稍微遠一些。

有一天，奧布林把帳篷沿河往上游移了一英里。從此，我們看到郊狼的次數就少了，但很快地，牠也沿河往上游移了一英里。像所有沒有遇到對手的、以強淩弱的人一樣，那條郊狼的傲慢與暴虐之情與日俱增；最後，可憐的小叮噹的生活完全被恐懼所籠罩，而牠主人對此只是哈哈大笑。

奧布林表示，他把帳篷往上游移是爲了能得到更好的牧場放馬；但很快地，

我們就發現，他只是不想在喝威士忌酒的時候讓我們看見，我們也不知道他從哪裡弄到的酒，但一扁瓶的酒對他來講簡直就像只是一碟開胃小菜一樣。

第二天，他騎上馬說：「叮噹，你看家。」然後就打馬揚鞭，翻過幾座山到最近的一家酒館去了，把叮噹獨自留在帳篷裡，順從地趴在麻布上。

3

現在，儘管叮噹還稚氣未脫，但牠已經是一條忠誠的看家狗。牠主人也知道牠會全力以赴看好帳篷的。

那天傍晚來了一個過路的山區居民。出於習慣，牠來到射程之外就停下腳步，大喊道：「喂，比爾！比爾！」

因爲沒有回應，所以他往前走到門口。在門口，遇見一隻「長得很怪異的小狗，毛髮根根豎起」；這當然是叮噹了，牠對來人不停地吼叫，兇猛地警告牠離遠一點兒。

這位山民明白情況後就走了。夜晚來臨，主人沒有來解救叮噹，而現在牠已經餓腸轆轆了。

帳篷裡有些燻豬肉，放在一個麻袋裡，這對叮噹來講是很神聖的。牠主人告訴過牠要「看守好豬肉」，所以叮噹寧肯餓死也不會動一動那些豬肉的。

叮噹冒險出來，到平地上碰碰運氣，看能不能逮到一隻老鼠或其他什麼東西，用來安撫一下因饑餓引起的胃痙攣。突然，那條野蠻的郊狼就向牠猛衝過來，叮噹立刻轉身拚命往帳篷裡跑，前幾天上演的追逐戰又開始了。

在逃跑過程中，叮噹覺得不對勁了。牠猛然想起了牠的責任，這使牠振奮起精神，進入備戰狀態。就像一隻怯懦的母貓在聽到牠孩子的呼喚時，會變得像隻母老虎一樣兇猛無畏。

叮噹僅僅是一隻小狗，在大部分時候還是隻挺傻的狗，但不管怎樣，牠的力量也會隨著年齡的增加而增長。郊狼要跟著牠進帳篷——牠主人的帳篷，在那一剎那，叮噹忘記了自己所有的恐懼，像個小惡魔般撲向牠的敵人。

動物也有對錯之分，牠們明白道義的力量。現在，道義上的力量全在這隻嚇壞了的小狗一方，兩隻動物好像都知道這一點。郊狼向後退了一些，但還是兇殘地嚎叫著，用郊狼的方式發誓說要馬上把小狗撕成碎片。但與此同時，郊狼雖然明顯地想要進帳篷，卻不敢貿然行動。

這樣一來，牠們二者展開了一場平淡無奇的攻堅戰。郊狼一會兒回來一趟，繞著帳篷走一圈，用後腿藐視地刨著地；或逼近敞開的門，立刻迎面撞見叮噹。可憐的小叮噹早已被嚇得半死，但是，只要有人想要破壞牠監管的東西，牠就立即又變得勇敢起來。

在這期間，叮噹沒有任何食物可以吃。牠只能見機悄悄溜出去，到附近的小溪裡喝一兩次水，但牠卻不能用這種方式逮到食物吃。牠本可以在麻袋上咬個洞，吃點燻肉，但牠不會這樣做，因爲燻肉是主人託牠保管的；牠也可找機會逃離崗位，跑到我們的帳篷來，牠知道我們肯定會好好招待牠的。但是，決不；逆

境的磨練已經使牠逐漸成長爲一條眞正的狗，具備狗的品格。在任何情況下，牠都不會背叛主人。如果萬不得已，牠寧可死在自己的陣地上；而這時，牠的主人正在遠方縱情喝酒，狂歡作樂。

這種情況下，這條英雄般的小狗堅守牠的陣地長達四天四夜之久，保衛帳篷和一切物品免遭郊狼的破壞。而叮噹對這隻郊狼可是怕得要命。

到了第五天早上，老奧布林才意識到自己不在家裡，只有一隻小狗在看護著他在群山中的帳篷。他現在已厭倦了狂飲作樂，騎上馬出發，翻山越嶺地往家走。雖然他已經清醒了，但手腳卻還在不停顫抖。沿著小徑快走到一半時，他暈眩的腦袋才突然想起，牠把叮噹獨自放在家裡，沒留下任何食物。

「希望那小畜生沒糟踏了我的燻肉。」他想著，不自覺地加快了速度，來到一道山嶺上，居高臨下地看到他的帳篷。叮噹就在那裡。身強體壯又兇猛的狼和可憐的小狗在門口，互相吼叫、撕咬。

「噢，我太可恨了！」奧布林驚叫道。「我把該死的郊狼忘得一乾二淨。可憐的叮噹！牠肯定過得糟透了。牠竟然沒把帳篷撕成碎片，眞是奇蹟。」

牠就站在那裡，勇敢地進行最後一搏。由於饑餓和恐懼，牠的腿不停地顫抖，但臉上卻始終沒露出半點怯懦之情。顯然，像以往一樣，牠已準備好時刻爲保衛帳篷而死。

這個目光冷峻的山區居民第一眼就看清了形勢，當他快馬加鞭跑上前去，發現燻肉完整無缺時，他驚覺到自從他離開後，叮噹就沒有吃過任何食物。由於虛弱和恐懼，小狗顫抖著爬到他身邊，看著他的臉，舔著他的手，好像在說：「我完成了你交給我的任務。」這個情形讓老奧布林難以承受。他眼裡噙滿了淚水，趕快給這位小英雄準備食物。

然後他轉過身，對著小狗說：「叮噹，老夥計，我以前對你一直太卑鄙了，但你卻一直對我忠心耿耿。我再出去享樂時一定會帶上你的。叮噹，如果我知道該怎樣做的話，我一定像你對待我那樣忠心地對待你。但是夥計，既然你不喝酒，我也就不能爲你做些什麼了。但我想我應該能除去你生活中最大的恐懼，我

會這樣做的。」

像往常一樣，那條郊狼蹲在不遠處，臉上帶著陰險的笑容；但來福槍響了，叮噹的恐懼時代結束了。

就算士兵出來，發現公園的法令被破壞了，奧布林用槍打死了公園中的一隻動物，那又怎樣？

如果他的槍被沒收、被毀壞，他本人和他的東西被驅逐出公園，受到威脅：如果他膽敢再回來就要坐牢；如這一切發生又何妨？這到底有什麼關係？

「一切都好了，」老奧布林說，「我為朋友做了件事，我們倆扯平了——我的朋友，一直對我忠心耿耿的朋友。」

月光仙子　更格盧鼠

1

我住在可倫坡一間低矮的平房裡，這裡高低不平，雜草叢生，佈滿岩石且骯髒不堪。牆是用泥抹平的，屋頂是用乾泥疊的，周圍的河流沖積平原也佈滿沙質泥土，幾英里外的幾座小山也是泥土堆而成的，嚴霜和雨水把它們變得奇形怪狀，只有幾處覆蓋著較硬的泥土才能保住頂部，不讓孜孜不倦的「自然」這位雕塑家完全破壞掉。

對於一個從翠綠且肥沃的馬尼托巴地區來的人來講，這地方並不怎麼有魅力。但我在這裡看到的越多，越覺得這裡是個天堂。飄忽不定的河道穿過平原，留下不整齊的淤泥地帶。在這淤泥地帶上生長著的每一棵白楊樹、每一叢低矮而多刺的灌木和雜草叢生的矮林都富有生命的活力。每個白天和每個黑夜我都能結識新朋友，或認識這塊土地上的棲息者。

如果說人類和鳥類擁有白天的世界，那麼在夜晚，這世界就成了四足動物的天下。我有時整晚不睡來觀察動物的行爲，於是在上床之前，我每晚都仔細地弄平棚屋四周的土地，以及通往泉水和畜欄的道路。這兩條道路以前是玉米地裡的路，現在這塊地還叫做「花園」。

每天清晨我出去看地上的足印時，都急切地想知道什麼東西在等待著我去發現，那心情就如小孩子要見聖誕老人，或漁夫撒開他最大的漁網時一樣。

每天早上都有動物留下蹤跡。幾乎每天晚上都有一兩隻臭鼬到這裡來吃殘羹剩飯，探查所有禁區。有一兩次，一隻山貓還到過這裡。一天早上，灰塵還忠實地用大量細節描述了山貓和臭鼬是怎樣爭吵的。有跡象表明，山貓很快的說（當然是用山貓的語言）：「非常抱歉，我誤把你當成兔子，但我再也不會犯這樣的錯誤了。」

臭鼬不祥的蹤跡不止一次地出現過。還有一次，這地區的狼王寬闊的足印就沿小路而上，幾乎到了門口。在牠越接近門口的時候，足印間的距離就越短。然後停住，小心地踩著來時的腳印退了回去，到別處覓食去了。長耳大野兔、郊狼

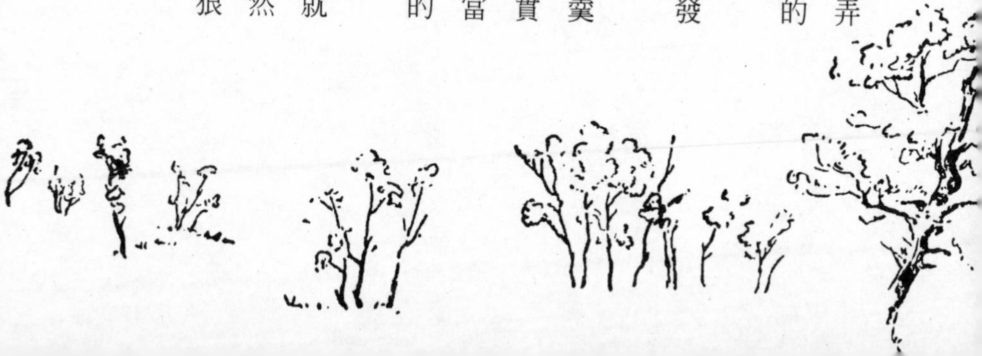

和棉尾兔都曾經來過這裡，牠們來到時，都把印跡寫在佈滿塵土的地上留作紀念——這些消息在第二天清晨都會被忠實地傳達給我。

但在其他足印之上或其間，你總能發現神奇的、精緻的、像花邊一樣構造的波爾卡舞步印記和交織在一起的錯綜複雜的線。你只知道牠們每天早上都會出現，是昨晚剛剛留下的，而對其他事情卻一無所知。由於這些線太變化多端，簡直沒辦法從中找出一條進行跟蹤。

猛一看，這些蹤跡好像是許多小型的兩足動物留下的，每一隻後面都跟著牠的幼仔。但現在，只有人和鳥是二足動物，而這些足跡顯然不是任何鳥類留下的。爲了能做出正確的判斷，我把土地所反映的所有事實都收集起來。首先，有證據顯示，每晚都有許多小小的生物來到這裡，在月光下跳舞。牠們長有兩條腿，腳上覆蓋著絨毛。牠們用腳尖旋轉著跳舞，每隻都有一隻比牠體形小的同種生物緊緊跟隨，彷彿是牠的聽差。牠們不知從何處而來，然後又不知消失在何方。牠們肯定能隨心所欲地隱形，否則怎樣避開一直虎視眈眈的郊狼？

如果這事發生在英格蘭或愛爾蘭，任何一個農民都能隨便給出解釋——小小的、穿著毛茸茸的靴子、在月光下跳舞的一對對隱形生物——這有什麼好奇怪的，連最最白癡的人都知道——當然是精靈啦！

但在新墨西哥的我卻從沒聽到過這種事。據我所知，這個地區沒有任何一本作品提及牠們的存在。

如果就是精靈呢？難道不令人愉快嗎？

它們夜晚來到這裡，在月光下跳舞。

我肯定會高興地接受這種解釋。克利斯蒂安·安徒生一定會對此堅信不移，同時還會讓別人也相信此事。但我，哎呀！不可能。當我的靈魂到了岔路口，左邊的路寫著「去世外桃源」，右邊的路寫著「去科學之地」，我選擇了佈滿岩石通往高地的右邊的路。我放棄用神話的眼光來看待這件事，我也不知道爲了什麼。所以我感覺到迷惑，當然了，越感到迷惑，就越覺得有趣；根據以往的經驗，只要給夜裡拜訪我的客人留下足夠大且平整的地方讓牠們簽名，就會有收

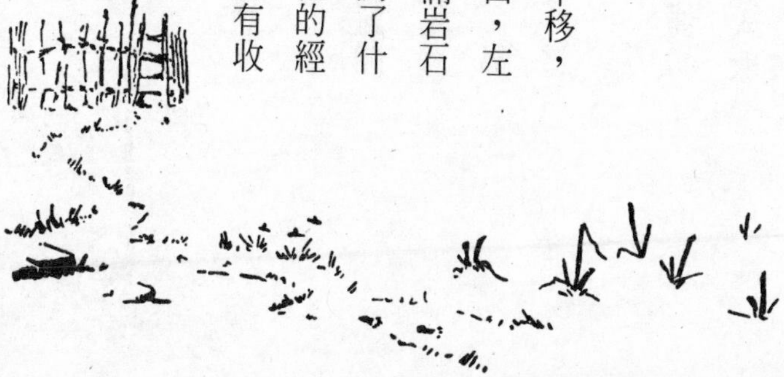

穫。於是，我精心打造了一片更加廣闊且覆蓋著平整細土的地方，瀰漫著鼠尾草香氣的晚風使它越發平滑，這讓我在第二天能跟蹤一條有尖尖花邊的線索。

深深淺淺的蹤跡順著一條小路通往花園（花園裡佈滿了玉米楂），然後離開留下清晰足印的細土地，轉向一邊，彷彿消失在雜草覆蓋的土堆之中。在土堆旁有幾個小洞向水平方向——而不是向下的垂直方向——伸展。（是的，當然，另一個可愛的謎幾乎消失了。在這條通往高地路上的岩石是多麼鋒利呀！）我在這些洞旁做好陷阱，第二天早上我就捉住了我的精靈。

牠是迄今爲止最可愛、最秀美、長著絨毛的、淡黃褐色的生物：大而美麗的棕色眼睛像小綿羊一般——不，不像小綿羊的，沒有一隻綿羊的眼睛會如此水般清澈、明亮、純潔；小耳朵像海裡最薄的貝殼，流動著生命之源的粉色血管清晰可見。牠的後腿粗壯有力；但牠的前腿——我的意思是牠的手——小到了極致，白中泛著淡淡的粉色，圓圓的帶著褶皺，就像嬰兒的一般，只是比嬰兒最小的手指尖還要白，還要小。牠的脖子和胸脯雪白雪白的。在這個到處是泥土的世界

裡，牠是如何保持如此甜美的潔淨呢？在牠棕色天鵝絨的燈籠褲下，是最可愛的銀白色小條紋，就像騎兵的馬褲上的條紋一樣。牠的尾巴，我原以爲是牠舞伴跳舞時拖著的長袍，不可思議的長，而且還裝飾有兩道白色的條紋，與身上的馬褲相配，尾端像羽毛撣子一般。這個尾巴非常可愛，原先我認爲它得過分了，後來才發現這種設計是出於多種重要的目的。

牠的行動也非常雅致，正如人們期盼的那樣。單單看牠的足印、還沒見到眞面目的時候，我的心就被牠吸引了，現在第一眼看到牠，牠就把我的心完全征服了。

「你這個小美人！你不露面，如此神秘，我都快要把你當成精靈了。但現在我知道，我以前就聽說過你。你是perodipus ordi，有時也叫做更格盧鼠。我十分感激你，感激你設計製作的花邊，你爲我寫的優美詩篇；雖然我一點也讀不懂，但非常期望你能爲我翻譯一下。其實，我已準備好坐在你那微小而美麗的腳上學習了。」

2

眾所周知，最秀麗的花朵從污泥之中長出來的，所以當看到更格盧鼠的家在地洞中時，我並不感到驚奇。不難想像在牠地下的家中那沒有照明設備的走廊裡，那雙奇妙的眼睛和長長的尾巴對牠的幫助有多大。

也許我做的事看起來很殘忍，但我迫切地想要瞭解更多關於牠的事，於是決心挖開牠的居所，還得囚禁牠一陣子。這是我從自然歷史學老師那裡學到的方法。我把這全身覆蓋著絨毛的微小生命放到一個大箱子中去，箱子周圍用馬蹄鐵固定，裡面有半箱疏鬆的土壤。然後我就帶著一把鐵鍬出去了，仔細跟蹤足跡，搜尋我的囚犯所生活的世界裡的秘密。

一開始，我按比例畫了相關的土地地圖，科學就是丈量，並且我從一開始選擇道路的時候，所追求的就是準確的知識。然後我畫出低矮土堆上生長的植物。那裡有三株又大、刺又多的薊，還有兩株健康的絲蘭或皀甲草。對於粗心大意的入侵者來說，這些植物是很危險的。然後，我注意到有九個門。九個——我很疑惑，爲什麼有九個門？因爲有九位繆斯女神？九條性命？不，不是的，不是這種原因（更格盧鼠不住在雲端）。這裡有九個門，只不過是因爲恰巧有九條道路直通往更格盧鼠的大本營。另一隻更格盧鼠的窩可能有三個門，也許另一隻的有二十三個入口，這都是根據主人的需要或所處位置而定的。

在所有九個洞前，永遠都有一位帶刺的強壯哨兵守衛著，牠們完全不會被收買。因此，不管任何時候，郊狼——這種弱小平原居民的撒旦——若是出現在月光舞者之中的時候，每一隻更格盧鼠都能奔回家，從就近入口處鑽到洞中。而每個洞口都會有一位毫不畏懼且武裝完好的守衛者，牠們會用郊狼可以理解的語言說：「站住！離開這裡，否則我就刺穿你！」

現在，我可以十分肯定地說，如果某個地方發生了危險，比如說方向A，那麼，這聰明的小傢伙就會在那裡開一扇門，以備不時之需。這些絲蘭還會阻止牛群和其他一些體形巨大的動物毀壞小丘；在月光無常的夜晚，更格盧鼠被迅捷的

敵人追趕而往家飛奔時，這高大黑暗且友好的枝葉還能成爲路標。

我想起，在夏天裡，其他植物還沒有死的時候，就像現在這樣，絲蘭是黯淡的綠色，在晚上是很不易辨認的路標；但它用一種極好的方式在適應這種新需要，它在密集挺立的高高矛刺中間，生長出一根巍峨的長杆，頂端有枝狀蠟燭台般的花枝，開著微微泛著白光的花朵。這些花朵在紫色的夜晚映襯下，在遠處都能隱約可見，如天空中一些新的星座。這樣，更格盧鼠的安全港灣在白天和黑夜都有了領航燈。

我開始小心地打開通往我月光舞者家的主要通道，還沒挖多遠，就碰上了嚇我一跳的東西；一隻長相兇猛的爬行動物——huajalote，墨西哥人對牠非常迷信，也感到害怕，科學家則稱牠爲墨西哥鈍口螈。

我碰到的只是一隻小的，但看到牠搖晃著有毒的尾巴，全身滲出毒液，這情景讓我毛骨悚然。如果牠能讓我如此害怕，那在又小又溫柔的更格盧鼠眼裡又會是什麼樣子的呢？牠好像正在試圖襲擊更格盧鼠的家，但讓我難以理解的是，爲什麼這隻爬行動物會想用牠的鼻子打通堅固的沙質土層呢？那裡是牠進來那條通道的盡頭。

既然我們在玩童話式的遊戲，我這個巨人，毫不猶豫地就把這條毒龍扔到了牠再也不能傷害到小精靈的地方。

經過數小時的耐心挖掘和丈量，我得到了更格盧鼠地下居所的地圖，牠在這裡度過白天的時光。

幾乎從任何入口都可以進入中央臥室，但不知道秘密的動物很有可能錯過中央臥室，就從另一個出口又出去了。因爲每次主人出去的時候，都會把通往臥室的路封住，所以不管其他動物進來多少次，牠永遠也發現不了窩的核心或者家裡眞正的財寶。

這就是發生在墨西哥鈍口螈身上的事；牠好像明白這裡面有條秘密通道，牠要是眞能發現就好了。毫無疑問，牠認爲臥室就在牠所試圖打通的土層後面的某個地方，但是實際上，牠離眞正的窩還遠著呢。

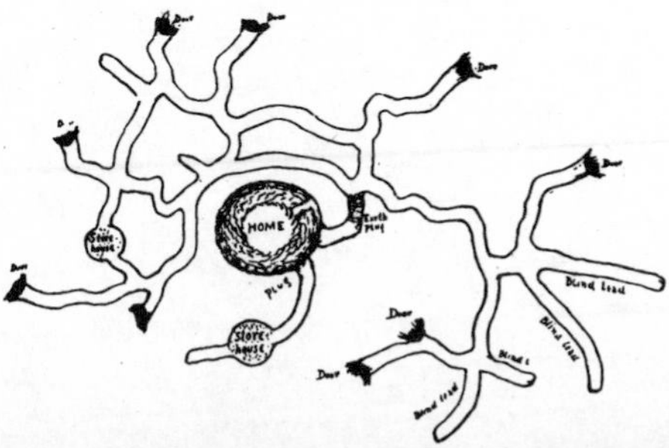

我認爲房間沒有同空氣完全隔離，並推測小圓洞（下圖）就是通風井，但我沒法證明這一切，因爲在我能全面勘察之前，屋頂就坍塌了。

房間本身非常寬敞，十二英寸長，八英寸寬，從地面到高高的拱頂至少有五英寸高，四周用門口處莊嚴的老絲蘭活的根莖作爲支撐。找到了牠的入口後，我想我已經找到了窩；但我錯了。一堆相互糾結且多刺的草把我攔住了，就算剛才那隻墨西哥鈍口螈能夠來到這裡，牠也會轉身離開的。我強行挖開這叢草後發現，眞正的入口被巧妙地隱藏在一個角落附近。在裡面有一塊厚厚的毛毯，這塊毛毯由纖細的草和野草的穗絲組成，最上面還有一層最柔軟的羽毛做爲襯裡。我想，這塊平原上每隻歡快的小鳥一定都爲這個窩捐獻了一根最好的羽毛。更格盧鼠的幼崽首次從仙境來到牠們地下的家時，一定白裡透粉像小珍珠一樣，這柔軟、可愛又溫暖的窩正適合給牠們當搖籃。

在這個大廳的一個角落裡，我又發現另一個秘密通道的跡象。挖掘更格盧鼠的窩就像在一個中世紀的古堡裡探險一樣。

當我進入的時候，發現這條路是向下傾斜的；不久，路的盡頭就擴大成爲一個寬敞的儲藏室，裡面裝滿平原向日葵籽。這間屋子是所有屋子中最深的一個，而且還是處在土丘裡最背陰的地方，所以種子就不會有變質或發芽的危險。

在這間屋子的盡頭是另一個死胡同，可能是往庫房裡運糧食用的通道，後來爲安全起見給封死了。窩裡還有許多像這樣的死胡同，看起來好像是堵死的入口，或者是有意要誤導入侵者而安排的陷阱，這樣不知道秘密通道的入侵者就找不到牠的家了。

我又發現了一個房間，這是第二個儲藏室，儲備著精心挑選的向日葵籽。這麼多的糧食裡沒有一顆壞的或發芽的的。

但我沒發現更格盧鼠其他的家庭成員，想來可能是牠們聽見我粗野的挖地聲後，從我沒發現的其他秘密通道逃走了吧！

這就是我夜晚訪客的家，爲因應所有日常生活和將來的困難而計畫和打造出來，閃爍著智慧的火花。

3

我興趣濃厚地注視著這個窩的主人，牠現在在我的籠子裡。牠是能量永不枯竭的化身，從半透明的鼻子和耳朵到牠顫動的尾巴都跳動著生命能量。牠能一跳就跨越整個盒子，現在我才看出牠巨大尾巴的作用。在更格盧鼠非同尋常的長距離跳躍中，尾巴上的一簇毛所起的作用就像箭尾的羽毛所起的作用一樣。這簇毛能讓牠在空中跳躍過程中保持直線前進。不僅如此，如果牠跳起後發現還有更好的落腳點，這簇毛就還能讓牠稍微改變方向。

尾巴本身還有其他用途。更格盧鼠的花紋褲子上沒有口袋，能讓牠把爲冬天準備的食物帶回家，但牠臉頰兩側各有一個寬大的口袋，當牠把食物裝進口袋裡的時候，牠們能脹得比牠的身體還要寬——以至於牠從自己的前門進洞的時候得橫著進去。這樣重的貨物加在牠的頭上會使重心完全偏移，而原來的重心是爲了口袋裡空空如也的時候設計的，重心偏移的時候，尾巴就可以起作用了。又長又

大的尾巴成了一個有力的平衡器，把尾巴伸到不同角度，就能根據牠的貨物調節平衡。儘管臉頰裡裝有一個星期的口糧，牠也能在跳躍時保持完美的平衡。

牠是我見過的最不知疲倦的挖掘者。那些白裡透粉、比鉛筆尖長不了多少的爪子，好像從沒感覺到挖掘的勞累。前爪把土刨出來，一小撮一小撮地從後腿間拋出去，像蒸汽驅動的鏟子一樣。牠在工作時彷彿是不知疲勞的。一開始，牠先挖貫穿整個箱子的隧道，挖了一條又一條。我可以肯定地說，牠一定建造並改變了幾個理想的地下居所，解決了許多在地下快速通行的難題。然後牠著手庭園設計方案，又在夜晚讓牠王國的地形徹底改變。只要對牠有好處，無論哪裡，牠都建造高山和峽谷。

牠好像對一種地形非常感興趣，那就是像科羅拉多大峽谷邊上的舊金山高山。牠努力了很久，想把一塊大石頭推上山當做頂峰，但這是牠的力氣所不能及的事情。牠非但不感激還怨恨我給予牠的任何幫助。在一段時間內，這塊石頭給牠製造了無窮的麻煩：牠既不能利用牠，也沒法弄走牠。後來更格盧鼠發現牠至

少能在石頭下面挖洞，讓石頭滾下去。最後終於把石頭安置在盒子的底部，再也不會給牠添麻煩了。

牠喜歡從舊金山的山頂越過大峽谷，跳到位於盒子另一端的猶他州（兩百英里），又跳回在山頂上的家裡（六百英尺高），好像能從中得到無限樂趣一樣。

儘管牠很害羞又是夜行性動物，我還是盡可能詳細周密地觀察、記錄、研究牠。

我對牠的崇拜與日俱增：夜晚，牠不知疲倦地投入到改造地理的工作中去，簡直不可思議。牠堆起新山嶺的才幹也令人震驚，就像火山爆發般的突然出現。當初我懷疑過牠的存在，還情願把牠當做精靈。當我看到牠時，我說：「哎呀，只不過是隻更格盧鼠。」但觀察牠在籠子裡生活兩個星期後，我充分認識到上百萬隻的這種小生靈，精力如此充沛，勞作幾千年，再加上霜凍和雨水，足以改造一個地區的整個面貌。我不得不承認，更格盧鼠不只是老鼠或棕仙；牠比得上一個地質新紀元。

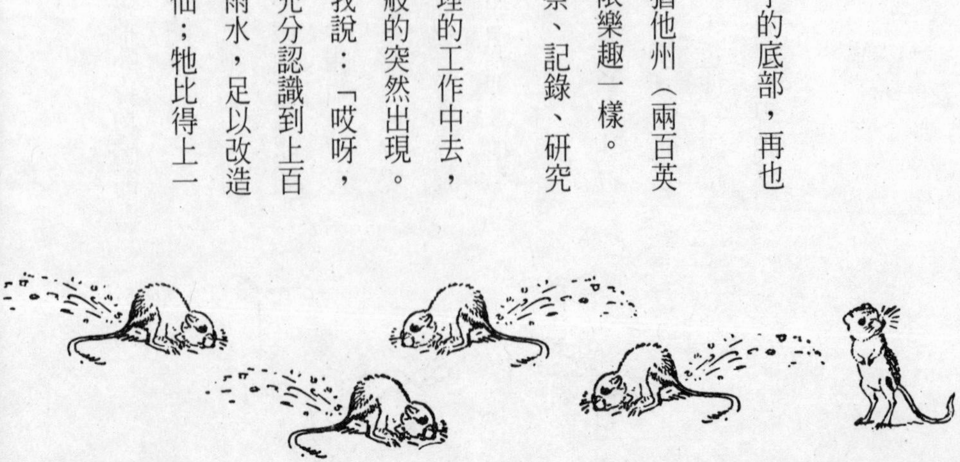

4

還有一堂課等待我去學習，並且大吃一驚。很多科學家都熟知，普通的家鼠能唱出和某些鳥差不多的歌聲。有時，有天賦的個體還能在壁櫥或酒窖裡半夜放歌，連金絲雀聽了都會感到嫉妒。進一步的研究表示，常見的東部樹林中的拉布拉多白足鼠還是個有天賦的歌手呢！

在山地草原上放牧的任何一個牛仔都會告訴你，晚上在野地裡睡覺，半夢半醒的時候，牠經常聽見最神奇的鳥鳴旋律——一種輕柔的、甜美的啁啾之聲，有顫音還有低沉的音符——如果牠曾經想過這鳴叫的話，牠也是把牠當做某種小鳥在睡夢中的歌唱，或接受牠同伴的解釋：那是一隻「草原夜鶯」——解釋和沒解釋一樣。牛仔們根本就不會自找麻煩去搞清楚到底是什麼在唱歌。

我經常聽見奇怪的夜晚之歌，但找不到那是從哪裡發出來的，於是我認定是某種小鳥，牠們在白天無法充分表達牠的喜悅之情。

有幾次，我在夜晚偶爾聽到我的囚犯唱出長長的音符，後來我才漸漸理解，這種聲音就像經常對著升起的月亮唱歌的聲音。很抱歉，我並沒有聽見牠眞正的歌聲，所以我沒有肯定的證據。我的囚犯從沒想過要使我感到愉快。實際上，牠對我的態度自始至終都是不折不扣的蔑視。我只能說我認爲（並且期望）這是同一種聲音。但我還是要服從嚴謹的科學。噢，我爲什麼不跟蹤另一條蹤跡？要是那樣的話，我就能在這裡宣佈，這甜美的草原深夜歌手和每天夜裡都在我門口跳舞的長絨毛小精靈是同一種動物。可現在，我卻不敢妄下結論。

有天夜裡，自然發生了一次嶄新的巨變。我那「不可估量的力量」在陸地分裂術實驗中做了一次全新的嘗試。牠不像以前那樣在牠王國的中心堆起一座高山，這次卻選在西南方，位於盒子的一角。牠簡直完全毀壞了大峽谷，用峽谷牆壁的材料來堆山。

那雙粉色的小爪子快速把峭壁越堆越高，眩目的山峰從不斷下沉的平原上拔地而起，而平原消失的蹤跡全無。

因爲處在盒子的一角，所以山堆得非常快，並且快速地接近由蓋子所代表的最高境界。就在這時，更格盧鼠當前的雄心壯志被別的東西吸引住了。牠現在到達了被囚禁以來前所未有的海拔高度，能觸摸到一條沒包馬蹄鐵的狹窄木頭牆。這種新的物質讓牠的牙齒躍躍欲試。噢，新發現的娛樂方式！咬開牠很容易。牠把以往的熱情投入到新的工作中去，在很短時間內就在半英寸厚的松木上開闢出道路，然後從強加於牠的，由馬蹄鐵覆蓋的王國逃走了，牠的地質新紀元也就此結束，我的教授離開了。我曾經一度想發現一種不可能存在的神秘事物，但我卻在自然的神奇之地發現了令人愉快的故事。

5

現在，牠能再次高興地跳躍在高地草原的泥土和沙地之間了；像活的羽毛箭一樣穿越過開闊地；引誘魯莽的郊狼把牠不幸的鼻子戳進可怕的、如仙人掌般的

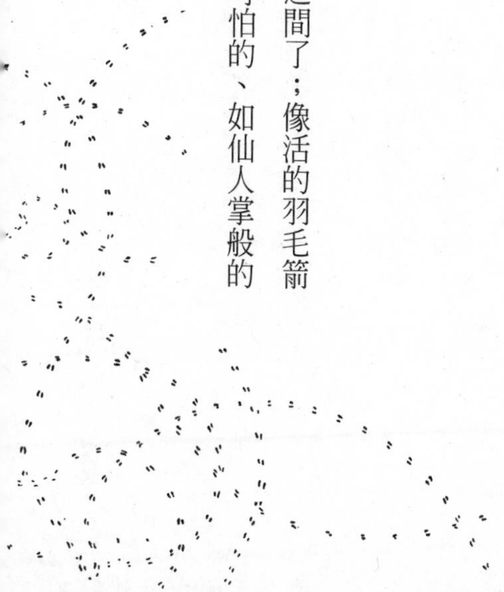

刺上；或教訓草原貓頭鷹，如果總打擾牠就肯定會在絲蘭的刺上遭受不幸；並再次在晚上出來，在光滑的地上塗抹花邊的設計方案，書寫音律整齊的詩歌，或和牠的同伴們在月光下唱歌、玩跳格遊戲。

像影子一樣輕柔，像箭一樣敏捷，像薊花的冠毛般秀麗，眼睛明亮，清秀美麗，用一種神奇的方式在地下生活，避開敵人，尋求安全——我的第一印象沒有差得太遠。我肯定是發現了這種小傢伙，比任何童話書裡描述的都要更詳盡、更好、更人性化。我選擇的佈滿碎石的道路終於把我引領到世外桃源來。

現在，每當我聽到某位愚蠢的傢伙談論到小精靈和棕仙，並把牠們當成英格蘭、愛爾蘭或印第安特有的浪漫特徵時，我總是想：你讀的書都白讀了。當滿薩斯的月亮升起來，將小河的每一個河灣照的閃閃發光，讓群山沐浴在綠色中，讓陰暗處遮蔽在藍色的面紗下時，你從來沒到過變化不定的可倫坡。你從沒聽到過月光曲。你從沒看到過月光跳過薊花和絲蘭刺刀般的葉子，像按照約定般停留在平滑的舞池地板上，照在每晚都光臨大地的一群小小的動物身上。不知牠們從何

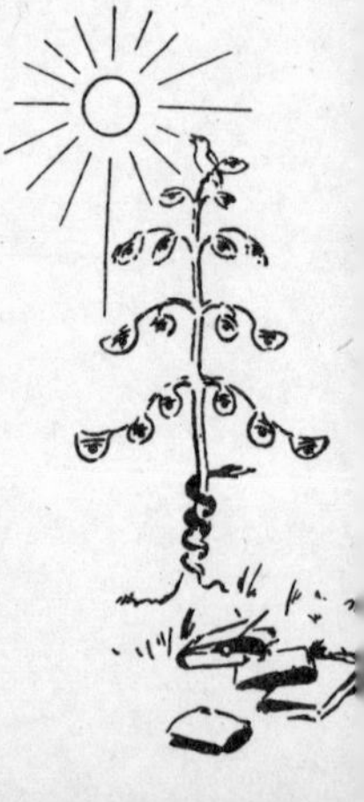

處而來，又消失不見，連落地的聲音都聽不見。

因爲你從沒發現過打開秘密居所的鑰匙，所以你從來沒見到過。就算你見過，也還是會懷疑，因爲秀美的月光狂歡者有黑暗的外衣，還能隨心所欲地隱起身形。

事實上，我肯定你會說整個故事都是在做夢。但細土地上花飾窗格的花邊又怎樣解釋？當第二天太陽升起的時候，它們又會再度出現的。

提托

一隻智慧非凡的郊狼

1

雨滴有可能讓閃電偏斜，一根頭髮也有可能毀滅一個王國，同樣毫無疑問的是，一個蜘蛛網曾經改寫過蘇格蘭的歷史；如果不是因爲一顆小鵝卵石，提托的故事也許永遠也不會發生。

那顆鵝卵石躺在達科他州巴特蘭地區的一條小徑上，在一個炎熱又漆黑的夜晚陷到了一匹馬的蹄子中，馬上坐著一個喝醉酒的牛仔。出於習慣，這位牛仔翻身下馬，要看看是什麼東西讓他的馬一瘸一拐的。但他把韁繩錯放到馬的脖子上，而沒放到地上。這匹馬就趁著這個技術性的錯誤在黑暗中逃走了。牛仔意識到他得徒步行走時，就躺在水牛草下的一個凹陷處睡著了，爛醉如泥，不省人事。

在巴特蘭丘陵地區，初夏的金色陽光從一個小丘頂上跳躍到另一個小丘頂。這時，一匹母狼正沿著加納溪小徑快步小跑著往家裡趕，牠嘴裡叼著一隻兔子，是給家人的早餐。

比林茲鄉間的牛仔們跟郊狼進行了長期而兇殘的戰爭。陷阱、獵槍、毒藥和獵狗使牠們的數量幾乎下降到零，爲數不多的倖存者已經知道每一步都必須小心謹慎，這可眞是挺苦澀的感受。但人們破壞的創造力沒有極限，所以郊狼的數量還在不斷減少。

這隻母郊狼很快就離開了小徑，因爲人做的東西沒有一樣是友好的。牠從一個低矮的山梁繞行過去，然後跨過一個長著一些水牛草的小凹地。在仔細聞過人類的陳舊氣息之後，牠跨過附近另一個山梁，這個山梁的南面就是牠和孩子們的家。牠又一次謹愼地繞了個圈子，四處窺視，聞了又聞，都沒有發現危險的信號，就向下走到門口，發出低沉的嗚嗚聲。從位於鼠尾草叢旁邊的狼窩裡，擁出一排小郊狼，快樂地跌跌撞撞，相互踩踏著。然後就輕聲叫喚著，低聲吼叫著，開始享用媽媽帶回家的盛宴，狼吞虎嚥，同時還不忘相互爭鬥；而媽媽此時就慈祥地看著牠們，享受著快樂。

獵狼者傑克，就是那個牛仔，大約在日出時分從寒冷的睡夢中醒來，正趕上瞥見那隻郊狼從山梁上跳過去。才一看不見牠影子，牛仔就站起來，來到溝邊上見證一家人吃早飯時蹦蹦跳跳的有趣場景。牠們就在離牛仔幾碼遠的地方，完全沒意識到任何危險。

對這位牛仔來說，這個場景唯一的吸引力就在於郡裡為每條郊狼的生命都定了價錢。所以他拿出那把〇·四五口徑的海軍左輪手槍，儘管顫抖不定，但還是設法找好對準母狼的角度，在牠正在舔一隻剛吃完早飯的小狼時，當場把牠打死了。嚇壞了的小狼崽逃進了窩裡，所以傑克沒能用手槍再打死一隻。牠走上前來用石頭擋住洞口，走著出發到最近的牧場，邊走邊罵牠那背信棄義的馬匹，而任憑七個小囚徒在洞的最深處抖個不停。

當天下午，他和他的搭檔帶著工具折回來，要把狼窩挖開。小傢伙們在黑暗的洞裡蜷縮了一整天，想知道牠們的媽媽為什麼還不來餵牠們食物吃，對黑暗和變化也感到迷惑不解。但那天晚些時候，牠們聽到了門口有聲音。光亮再一次來

到洞中。一些不夠謹慎的小狼跑上前去迎接牠們的媽媽，但媽媽沒有在那裡——只有兩個高大殘暴的野蠻人開始挖開牠們的家。

一個小時或更長時間過後，挖掘者到了狼窩的盡頭，毛茸茸的、眼睛明亮的小傢伙們全都在最裡面的角落擠成一團。牠們純真無邪的臉龐和行爲方式沒能引起敵人的注意，牠們一個接一個地被抓住，一個接一個地遭受到猛力一擊，顫抖的軟下來的身形被扔進一個麻袋裡，帶給最近的郡長，郡長被授權爲這些狼付獎金。

即使在這麼小的年齡，小狼也有牠們個體某種獨特的氣質和性格。在被抓住殺死的時候，有的尖聲驚叫，有的咆哮不止，還有一兩隻試圖撕咬。最晚意識到危險的小狼會最晚向後撤退，因此就在一窩小狼的前端，也就第一個被殺死。第一個認識到危險的最先撤退，因此就在蜷縮在最下面。其他小狼一隻接一隻被冷漠而殘忍地殺死了，然後這隻謹慎的小狼成了這個家族中的最後一名成員。牠安詳地趴著，一動不動，甚至連碰牠的時候，牠的眼睛都半合著，就像在本能的驅

使下在裝死。其中一個人把牠拿起來，但牠既不尖聲叫喚，也不掙扎。傑克一直認爲和地方官搞好關係非常重要，於是就說：「嘿，我們把那條小狼留給孩子們玩吧！」就這樣，這個家族的最後一名成員被活著扔到麻袋裡，和牠已經死去的兄弟們在一起。牠渾身青腫淤傷，又驚又怕，一動不動地趴在兄弟們的屍體上，對所發生的事情一點都無法理解，只知道經過長時間的強烈顛簸，飽受噪音折磨之後，又一次被掐著脖子拽了出來，幾乎被掐個半死。一出來就發現許多像挖掘者一樣的動物。

這些動物實際上就是奇姆尼波特大農場的居民，他們的標記是寬箭頭。在這些圍觀的人之中就有幾個孩子，這頭小狼就是帶給他們玩的。地方官沒費多大力氣就讓傑克接受了買小狼的錢，就這樣，傑克的禮物就被轉交給了孩子們。孩子們問：「這是什麼？」一個在場的墨西哥牧場工人回答道：這是一隻「擴尤提托」——西班牙語，就是小郊狼的意思——這個後來被省略成「提托」，就成了這個小囚犯的名字。

2

提托是個挺可愛的小東西，身上毛茸茸的，小狗一樣的表情，兩個耳朵之間少見的寬闊。

但做爲孩子們的寵物，牠——後來證明是隻母的——可不怎麼成功。牠表現得很冷淡，對什麼都持懷疑態度。牠吃給牠準備的食物，看起來也很健康，但從來不對進一步的友好表示有所回應；招呼牠，牠也從來沒學會應聲。這可能是因爲男人和男孩太粗魯，只要想看牠，就毫不猶豫地拽著繩子把牠拖出來；而小孩子們對提托的好意不足以抵消其他人對牠所造成的傷害。被拽出來的時候，牠就裝死，無聲無息地忍受這種折磨，好像牠知道這時候怎樣做才是最好的。但一旦被釋放，牠就會再一次退縮到牠所居住的箱子裡的最陰暗處，盯著折磨牠的人。這種眼光從某個適當的角度看來，閃著明顯的綠光。

在牧場生活的孩子們中，有一個十三歲的男孩。儘管他長大後成爲一個像他

爸爸那樣善良、強壯、有思想的人，但在他在現在這個年齡卻是個不知羞恥的小暴君。

像那個鄉村裡的所有男孩子一樣，他常常練習扔繩索，爲的是將來能成爲一名牛仔。柱子和樹樁套起來沒意思，小弟弟小妹妹們又受到家裡其他人的保護。無論什麼時候，只要看見他拿著繩子過來，所有的狗都會遠遠地跑開。所以，他只能拿不幸的提托練習了。提托很快就知道，唯一能逃脫的方法就是躲在窩裡；如果正好在外面的時候被扔了繩索，就得盡可能平趴在地面上才能倖免痛苦。就這樣，男孩不知不覺地教會了這隻郊狼繩索的危險性和局限性，它成了僞裝起來的福祉——絕妙的僞裝。

當這頭郊狼完全只懂得怎樣擺脫繩索的時候，這個小惡魔又發明了一種新的取樂方法。他弄到一個大的夾獸鉗，夾狐狸用的。他曾經看過傑克怎麼設下夾狼的夾子，就學他的樣子，把夾獸鉗埋在土裡，離窩很近，在上面撒上碎肉，這可是百試不爽的套狼方法。過了一會兒，饑餓的提托受肉味的吸引跑了出來，鼻子

貼在地上聞著，搜尋著，幾乎立刻被夾住了一隻腳。小惡魔當時就在不遠處躲著，看到提托中計後，馬上興奮的呵呵狂叫著衝上前去，把已經退回箱子裡的郊狼又拽了出來。在經過一陣更令人熱血沸騰的興奮和搏鬥後，他把繩索套在提托身上，然後在一個年齡稍小的弟弟的幫助下，成功地把這頭郊狼從夾獸鉗中放了出來，沒讓大人發現他取樂的方法。

一兩次這樣的經驗，就足以讓提托認識到夾獸鉗是何等可怕。牠很快就學會了辨別鋼鐵的氣味，並且能探知和躲避夾獸鉗。不管林肯少爺怎樣費盡心機地把它埋在土裡，而他年幼的弟弟拿外套擋著提托的窩門，不讓受害者看到外面的行動，提托都不會再上當。

一天，拴提托的繩索突然鬆開了，牠不知所措地離開窩，身後還拖著鏈子。但一個人發現了牠，向牠鳴了一槍，嚇唬牠。燃燒、刺痛和吃驚讓牠撤回牠知道的唯一地方——牠自己的窩。鏈子又一次被拴住了，提托又增加了一項知識，可怕的槍隻和火藥的氣味；同樣，躲避這些的辦法依然是趴著不動。

還有其他殘暴的經歷等待著這名囚徒去體驗。

在農場上，用毒藥對付狼是日常話題之一，所以林肯想用這頭小郊狼做實驗也就沒什麼可驚奇的了。致命的番木鱉鹼被看得太緊，無法弄到，所以林肯就在一塊肉上灑上了老鼠藥，扔給這名囚徒後，就蹲在一邊看熱鬧，就像任何一名化學教授在試驗一種新的化合物時那樣快活、感覺不到良心的譴責。

提托聞到了肉味——每樣東西都得經過牠的鼻子。牠的鼻子感到懷疑。有肉的香味、熟悉但讓牠討厭的人手的味道，還有一種奇怪的新氣息，但不是夾獸鉗的味道，所以牠呑吃了一小片。幾分鐘之內，牠就感到胃裡鑽心的疼痛，接著又引發了痙攣。在所有狼的家族成員中都有一種本能的習慣：吐出不合適的東西。這頭郊狼用這種方法在一兩分鐘後就擺脫了疼痛。爲了保險起見，牠又急忙呑吃了一些草葉子，不到一個小時就完全恢復了。

林肯下的毒藥足可以毒死一打狼。要是牠放少一些的話，牠感到劇痛時就會太晚了。但牠恢復了健康，永遠也不會忘記那意味著如此劇痛的怪異氣味。不僅如此，牠還從此學會了在感到不適時立刻用草藥治病，這是大自然廣泛賜予的恩惠。這種本能一旦被激發，就會很快活躍起來。最初，劇痛幾分鐘後才得到緩解，因此，在學會了之後，吃草是牠感到疼痛時首先想到要做的事情。這小惡棍的確又成功地讓牠吃了一塊放了小劑量毒藥的誘餌，但牠已經知道應該做什麼，而且幾乎沒有感到疼痛。

後來，一個親戚送給林肯一頭白色惡犬，新的組合對男孩來講是新的快樂之源，但對郊狼來講卻是場災難。所有的經歷都驗證了牠最初的想法——安靜、不醒目、當危險近在眼前時躲藏起來。最後，家裡的大人禁止對郊狼的種種殘害，不讓狗到拴狼的小院子來。

你不可能指望在這種環境下長大的提托會是個可愛又天真無邪的囚徒。牠學會了撕咬。牠假裝睡覺，逮住並咬死了好幾隻小雞，牠們竟然膽敢到牠鏈子所及的半徑內找食物吃。牠對在早晚唱聖歌有一種天生的渴望，這種渴望給牠招來了很多次毒打。但只要一聽到開頭幾個音符引起打開門窗的嘎嘎聲，牠就馬上閉

嘴，因爲這些人類接近的聲音經常跟著砰的一聲響，鳴槍的射擊。不知何故，雖然這些槍都嚴重地毀壞了牠躲藏的地方，卻沒讓牠受到嚴重的傷害。這一切經歷都加深了牠對槍和槍的使用者的恐懼，但牠對迸發出音樂的目的還不甚明瞭，但這通常發生在黎明或黃昏，但在明月高懸的夜晚，強烈的噪音也能激發牠唱歌的欲望。歌聲包括一連串短促的吼叫，其中混合著憂傷的哭嚎，每次都招致群狗吠叫呼應，引起騷動；有一兩次還招來遠在山裡的野生郊狼的回應。

牠還掌握了一個小小的詭計，這完全是出於本能——也就是遺傳的習慣。牠在窩的後面藏著一些骨頭，還精確地知道在拴牠鏈子所及的範圍內，一塊或兩塊難吃的肉所埋藏的地點，這都是爲了從來不會到來的饑荒所做的準備。如果任何人接近牠埋藏的寶物，牠就會焦慮地盯著看，但不表現出來。如果牠發現好管閒事的動物知道了藏寶的確切地點，牠就儘快找機會把它們藏到別的地方去。

這樣的生活過了一年以後，提托的身體就發育成熟了，而且還學到了很多知識，這些知識是牠的同族兄弟用生命爲代價才學到的。牠懂得害怕捕獸鉗，牠已經學會避開有毒的誘餌，而且知道一旦誤食應該怎樣做。牠知道槍是什麼，還學會了把早晚的歌聲變得非常短。

牠熟知幾條狗，那足夠讓牠憎恨和不信任所有的狗。但最重要的是，牠有了這個信念：無論何時，只要危險近在眼前，最好的行動策略就是一動不動，非常安靜，什麼都不要做，以免招來注意。也許牠的頭腦正透過不斷變化的黃色眼睛看世界，還記錄了許多其他關於人的知識，但人都不得而知。

提托已經完全成熟了。當時還有野生的郊狼不時襲擊那一帶的綿羊和小牛，爲了能把郊狼徹底根除掉，農場主買了一對純種灰狗，絕佳的奔跑者。同時，他也想打獵取樂。他厭倦看到提托老在院子裡待著，就決定用牠來訓練獵狗。

一天，牠粗暴地把提托扔到袋子裡，騎馬行進了一英里後，把牠倒了出來。同時，灰狗也被放開，在人們吆喝下，展開了追逐。

灰狗用無與倫比的速度跳躍前行，提托被人的喧鬧聲嚇壞了，甚至對自己突然到臨的自由感到惶恐不安，也努力向前跑。牠提前四分之一英里的距離很快就

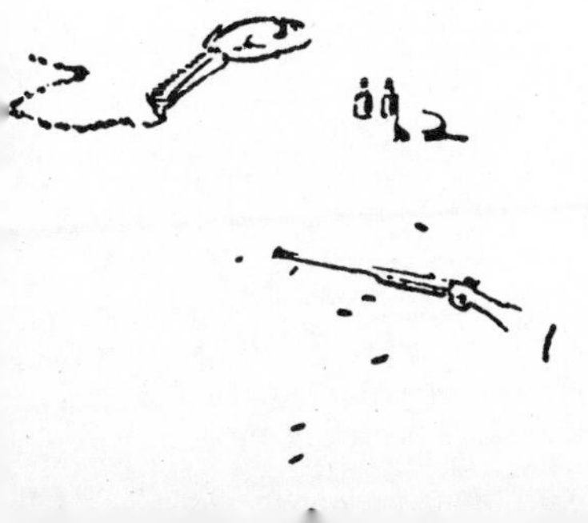

被縮短爲一百碼，一百碼縮短爲五十碼，飛奔的灰狗還在不斷加速。顯然，提托沒有任何機會獲勝，灰狗越來越快，越來越近。要是再過一分鐘，牠肯定被撲倒在地——這毫無疑問。

但牠突然停住了，轉過身，向狗走了過去，一邊平靜地搖著尾巴，耳朵向後友善地塌著。灰狗是種奇特的狗；對任何跑動的東西，牠們都會追趕捉住，要是可以的話，還要把牠殺死。而對於鎮靜面對牠們的動物，卻立刻變得鬥志全無。見到提托這種舉動，牠們從牠的頭頂越過去，然後才煞住車，停了下來，一絲決鬥的氣焰都沒有了。也許提托站在那裡搖尾巴的時候，牠們認出了這是那隻在院子裡養的狼。

牧人們也沒有了熱情，所有的動物都被完好無損地帶回來了，人們有失敗感，在這情況下，眞正的贏家彷彿是這頭有冒險精神的小郊狼。

這些灰狗都拒絕攻擊不逃跑還搖著尾巴的動物；牧人們看到提托可以走得很遠，用手都捉不住了，就拿起繩索很快就把牠套住，牠又一次成了階下囚。

第二天，牧人們決定再試一次，但這次讓那條白色惡犬加入了追捕的隊伍。提托的表現就像上次一樣。灰狗不願意合夥攻擊如此性情溫順又友善的熟悉動物。但那條白色的惡犬儘管三分鐘後才氣喘吁吁地趕到現場，卻一點兒都沒猶豫。牠不高，卻比提托重，一上來就咬住牠毛茸茸的脖子，使勁搖晃，在短得令人吃驚的時間內，牠就軟趴趴地躺在那裡，毫無生息。

所有人看到這情景都感到十分高興，恭喜那隻惡犬，灰狗們卻迷惑不解地在周圍不停地跑來跑去。

這群牧人中有個生人，一個剛從英國來的男人。他問他能否要那刷子——也就是尾巴，他解釋說。被告知讓他自取後，他揪著尾巴把遇難者提了起來，用刀子蠢笨地砍了一刀，從中間砍斷，提托掉在地上。原來牠剛才在裝死，現在憤然一跳，消失在附近的仙人掌和鼠尾草組成的灌木叢中了。

對灰狗來講，一隻跑動的動物就意味著奔跑，所以這兩條長腿的狗和這條胸膛寬闊的小白惡犬在提托後面猛追著。但值得慶幸的是，就在那時，一個粉撲一

樣雪白的東西快速跑過牠們面前的小路，捲起一道快速消失的棕色煙塵——這是棉尾兔的特徵。這隻棉尾兔在視力範圍內，但那條郊狼卻已經跑得無影無蹤了，所以灰狗們就開始猛追棉尾兔。棉尾兔巧妙地利用了草原土撥鼠的洞穴，鑽進了大地母親的懷抱，安全無憂；而提托也藉機逃跑了。

提托被惡犬野蠻的動作折磨得渾身疼痛，被砍斷的尾巴也讓牠疼痛不已。但總括來說，牠還可以輕輕地邁著大步向遠方跑去。為了不讓別人看見自己，提托順著山谷、低地前行。就這樣在巴特蘭地區奇形怪狀的小山崗間逃走了。最後，牠在小密蘇裡地區成為承前啓後的人物。

摩西在危險時期被埃及人保護起來，直到度過危險時期，並從他們那裡學到聰明才智，帶領他的人民與這些埃及人鬥爭。這條被截斷尾巴的狼不但被人救活，還在人的幫助下安全度過危險的幼年期：人甚至還愚蠢地教牠怎樣逃過陷阱、毒藥、繩索、槍枝和狗，這些都是長久以來用以發起滅絕牠種群的戰爭工具。

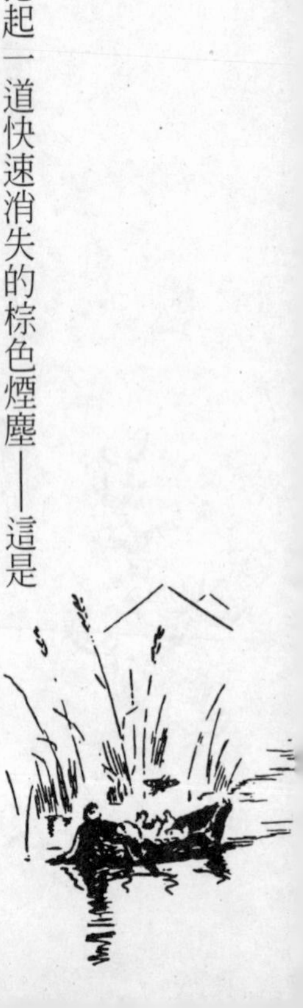

3

就這樣，提托逃離了人，第一次獨自面對生活的全部挑戰；現在，牠要過自己的生活。

野生動物的智慧有三個來源：

第一，祖先的經驗，以本能的形式呈現，是與生俱來的技能，先祖先輩經歷的自然選擇和磨難而留在這個種族上的烙印。在生命的最初階段，這是非常重要的，因爲它從動物出生的那一刻就起著引導作用。

第二，動物父母和同類的經驗，主要透過事例學習到。從幼獸開始學習奔跑的時候起，這點就開始重要起來。

第三，動物個體自身的經驗。隨著動物年齡的增長而變得越來越重要。

第一種智慧的缺陷在於固定性；它不能根據情況的迅速發展而適應這種變化。第二種智慧的弱點在於動物不能用語言來自由地交流想法。第三種智慧的弱點則在於獲得智慧本身所要冒的危險。但這三種智慧組合在一起，就可以形成一個堅實的拱門。

現在，提托是個新特例。也許從來沒有一隻郊狼在獨自面對生活時，在第三種智慧上擁有如此得天獨厚的條件，卻對第二種智慧一無所知，而讓第一種處在蟄伏狀態。

牠快速地離開牧場工人，不讓自己處在他人視線之中，不時停下來舔一舔牠受傷的尾巴。最後牠來到了一個草原土撥鼠的聚居地。當時，許多居住者都在洞外，牠們向入侵者大聲尖叫，而當牠離得更近一些的時候，都立刻迅速躲到地下去了。牠的本能告訴牠要嘗試著抓到一隻，但牠四處跑動了一陣後，發現毫無收穫，於是就放棄了。要不是牠在河邊長長的草叢裡發現了兩三隻老鼠，那天晚上可能就要挨餓了。牠的母親沒有教牠怎樣捕獵，但牠的本能教會了牠，而牠碰巧頭腦聰明，這又讓牠從經驗中迅速獲益匪淺。

在後來的日子裡，牠很快就知道了怎樣謀生；老鼠、地松鼠、土撥鼠、兔子和蜥蜴的數量眾多，許多都能在毫無遮攔的追逐中捕獲。先儘量悄悄地接近獵物，然後進行公開追捕。這過程自然讓牠學會暗中追蹤，最後一躍撲住獵物。月亮還沒改變之前，這條郊狼就學會了怎樣生活得舒舒服服了。

有一兩次，牠看見有人帶著灰狗朝牠這邊過來。也許大多數郊狼都會虛張聲勢地大聲咆哮，或者跑到某個高地上以便觀測敵人。但提托沒做這樣的傻事。如果牠一跑，牠移動的身形就會吸引灰狗的眼睛，這樣的話，就沒有任何東西能夠救得了牠。牠就地趴了下來，平平地趴著直到危險過去。牠在牧場所受的、趴得低低的訓練開始對牠產生作用，這樣一來牠的弱點反而就成了牠的優勢。

郊狼這種動物一直都是以速度聞名，長久以來就習慣於相信牠們自己的四條腿，牠們從沒想過會碰到比牠們跑得更快的動物。牠們習慣於戲弄牠們的追擊者，所以幾乎從沒有在灰狗的追擊下主動逃跑過，直到一切都太晚了。但由於被拴在繩子的一端長大，提托可不是個奔跑的好手。牠沒有理由相信牠的四條腿，牠更相信牠的智慧，所以牠存活了下來。

整個夏天，提托都待在小密蘇里附近，學習捕捉小型獵物的本領。這些本領本應在牠乳牙未脫之前就該學會的。牠在練習捕獵本領的同時，也增強了力量，提高了速度。牠遠離所有的牧場，一看見人或奇怪的動物就躲起來，因此獨自度過了整個夏天。在白天，牠不孤獨；但太陽一落山，牠就感覺到一股強烈的衝動，想要唱西部曠野的歌，這種歌對郊狼來講意味頗多。

唱歌的欲望不是某一個體或現代郊狼的獨創，而是世世代代所有郊狼的一種感覺沉積。這個慾望表達了這片平原爲牠們塑造的天性。當一隻狼開始唱歌的時候，就會廣泛地被其他狼所接受，就如士兵們接受短笛和軍鼓，或印第安勇士接受又喊又叫的戰爭之歌一樣。當牠們聽到這聲音的時候，就會馬上回應，如同玻璃鐘罩在某一音符敲響時，會忽視其他聲音，馬上回應一樣。

所以不管怎樣撫養長大的郊狼，都肯定會回應平原的夜晚之歌，因爲這聲音觸動了牠們內心的某種情感。

牠們在日落之後歌唱，那時，歌聲就成了牠們種族集體的合唱，以及對鄰居

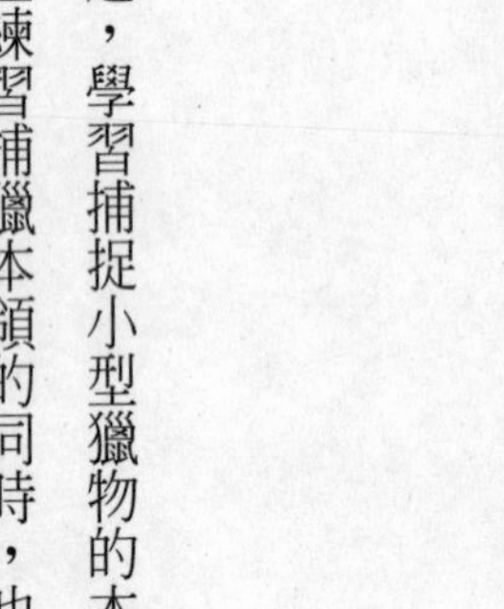

友善的問候。牠們唱歌，就像一個在樹林中的男孩子對著另一個喊說：「一切都好！我在這兒。你在哪裡？」對著升起的月亮唱歌是牠們選取的一種形式，這是開始打獵的好時機。當牠們看到新的篝火時也會歌唱，就像一隻狗會對陌生人吠叫一樣。在悄無聲息地從營地遠遠溜開之前，牠們還有獻給黎明的歌，一首狂野的、怪異的、大聲的重唱：

噢——噢——噢——噢——噢，一遍又一遍；毫無疑問，這歌聲中還有許多人們無法分辨的差異，就如郊狼無法分辨牛仔們詛咒的語言中使用的詞語一樣。

提托本能地在合適的時間唱出牠的樂曲，但悲傷的經歷教會牠要把歌聲裁短，把音量放低。有一兩次，牠還收到了遠處同類的回答，牠卻很快停止了歌唱，並膽怯地離開了鄰居。

一天，牠在加納溪上游地區發現了一道痕跡，有一塊肉被順著這道痕跡拖了過去。這味道異乎尋常的吸引人，牠跟著肉的痕跡走——部分是出於好奇心。不久，就到了肉跟前。牠很餓，牠現在經常很餓。肉非常有誘惑力，雖然有股怪味，牠還是把肉吞了下去。沒過幾分鐘，牠就感覺到鑽心的疼痛。吃了男孩下過毒的肉的感覺還記憶猶新。牠口吐白沫，渾身顫抖著，勉強吃了幾口草葉子，牠的胃把肉倒了出來；但牠躺在地上不停地抽搐。

肉拖過的痕跡和有毒誘餌是捕狼人傑克在前天設下的。這個早晨，他正騎馬在地上拖著誘餌向前走，在沿溪谷而上的時候，他遠遠地看見這條郊狼正在掙扎。他當然知道狼被毒藥毒倒了，於是就快速地驅馬向上游跑；但隨著他越來越接近，這隻狼的痙攣也在不斷減輕。聽到馬蹄聲響，這隻郊狼奮力一躍，兩條前腿站了起來。傑克掏出了他的左輪手槍，開了一槍，但這只讓提托更充分地認知到了危險性。牠奮力地想要跑起來，但後腿卻癱瘓了。牠集中所有力氣拖著牠的後腿。現在，毒藥不在胃裡，意志的力量就會興起重要的作用。如果讓牠躺下，牠在五分鐘內就會死掉；但左輪手槍的子彈和人靠近的聲音激發了牠不屈不撓的行動。牠一次又一次地瘋狂掙扎，想要讓後腿站起來。牠集中起所有孤注一擲的力量。當牠以不可思議的速度下山時，就像是用十倍的力量強迫感覺神經衝破它們堵塞的渠道一樣。難道神經不就是意志嗎？這種新的力量注入了牠的體內，而且隨之增加、爆發了，牠後腿的神經甦醒了。它們不得不屈服了。牠又一次感覺到後腿因充滿生命力而產生的極度興奮。每一聲野蠻的槍響都給予牠重要的幫助。又一次猛烈一搏之後，牠的一條後腿開始盡職地工作。又跳了幾下，另一條也加入了工作的行列。然後，牠忍住腹內痛苦的腸絞痛，輕快地在崎嶇不平的小丘間大步跳躍。

假如傑克控制住自己不開槍，那牠就會躺下來死掉；但他跟蹤而至，放了一槍又一槍，跑了一英里之後，牠完全不覺得疼痛了。挽救牠的正是牠的敵人。他迫使牠使用這唯一的辦法，所以牠逃跑了。

這就是牠那天獲得的經驗：肉上可疑的味道標誌著致命的疼痛。不要去動它！牠永遠也沒忘記這一點，從那以後牠就認識了番木鱉鹼這種毒藥。

幸運的是，獵狗、陷阱和番木鱉鹼從沒有在發動戰爭時一起使用過，因爲獵

狗落入陷阱或被毒死的機率和郊狼一樣大。如果那天的捕獵中只有一條狗的話，提托的歷史則會就此完結。

4

當秋天快要結束時，提托已經把牠早期訓練的所有缺陷都補全了。牠現在的生活習性更像一條普通的郊狼，牠對唱太陽落山之歌的準備也充分起來。

一天晚上，牠又一次向衝動屈服而回應了別人歌唱；很快地，一隻體形巨大的深色郊狼出現了。因爲牧牛人對郊狼發動了殘酷無情的戰爭，所以牠能夠存活在這個地區，就證明了牠本身擁有非同尋常的天賦。牠小心翼翼地接近提托；而出於一種複雜的情感，提托頸上的鬃毛在看見牠同類的時候豎了起來。牠平平地蜷縮在地上，等待著。新來的傢伙僵硬地向前走，同時不停地嗅著風中的味道；然後頂著風到了牠身邊。然後牠繞著提托走，這樣牠就能嗅到牠的氣息，之後把尾巴抬起來，輕輕地搖了搖。開始的一切行動都表明自己沒有武裝，最後一個行動則是個明顯的友好信號。然後牠又接近了一些，提托突然站了起來，站得儘量高，好讓對方仔細聞牠的氣味。最後牠搖了搖斷尾巴，牠們就相互熟識了。

這的確是隻個頭非常大的郊狼，比提托高半頭；牠肩上有塊特別大的黑斑，所以當熟識了新來的郊狼之後，這些牛仔們給牠起了個名字叫「馬鞍」。從此以後，這兩條狼就緊密地連在一起了。

白天，牠們不經常在一起，而是經常相距幾英里；但夜晚來臨的時候，其中一隻就到高高的開闊地上，高唱樂曲：

噢——嗚——噢——嗚——噢——嗚——噢——嗚……

然後就聚到一起，準備進行襲擊。

在身體上佔優勢的是馬鞍，而在智慧上更勝一籌的則是提托，理所當然，提

托很快就成了領導者。不到一個月，第三隻郊狼出現了，成爲這個鬆散互助會的一員；後來又來了兩名新成員。有本事就有吸引力，這話不假。和同伴所受的訓練相比，這條小個子斷尾郊狼有著罕見的優勢，而這種優勢又是同伴們所缺少的：牠知道人的策略。牠不能用語言來傳達牠所知道的事，但牠可以借助各種標記和做示範。牠的捕獵方法非常成功，這點很快就顯現出來；但是，當牠們獨自出去打獵時，經常很不走運。

一個在博克斯德爾農場的人養了二十頭綿羊，因爲這個是個養牛的地區，所以這裡的規矩不容許任何人養更多的綿羊。這些綿羊由一條巨大而兇猛的柯利牧羊犬看管。冬日裡的一天，提托狼群裡的兩條狼用魯莽的方法去劫掠這群羊，但牠們得到的卻只是被這頭柯利牧羊犬所賜的撕咬重創。

幾天後，這夥狼在黃昏時又回來了。我們只能猜測牠是怎樣教牠們自身應扮演的角色，但我們能確信無疑的是，牠肯定是這樣做了。提托藏在柳樹林裡，然後勇敢又敏捷馬鞍明目張膽地走向羊群，挑釁地大聲吼了幾下。這條柯利牧羊犬

跳了出來，頸後的鬃毛立起，狂怒地咆哮起來。一看見敵人就向牠直撲了過來。現在到了馬鞍展現堅強的神經和從未失敗過的四肢的時刻了。馬鞍一直和這條狗保持著幾乎能捉住牠的距離，就這樣把牠誘騙到遠遠的樹林中；這時，提托帶領其他郊狼把綿羊向二十個方向趕；然後追著跑得最遠的一頭，牠們殺死了好幾頭羊，然後把牠們遺棄在雪地上。

在第二天夜晚時分，牧羊犬和牠的主人才一起精疲力盡地把咩咩叫著的倖存者聚攏回來；但清晨再次來臨的時候，牠們發現又有四頭羊被趕到遠處殺死了，這些郊狼還享受了一次盛宴。

牧羊人在羊的屍體上下了毒藥，沒有把牠們拖回家。第二天晚上，這群郊狼回來了。提托嗅了嗅凍僵的肉，覺察到了毒藥的氣息，發出一聲嚎叫做爲警告，在肉上灑上了汙物，這樣一來，牠領導的群體裡就不會有成員來吃肉了。但有一條又粗野又蠢笨的狼不聽提托的警告，堅持要吃肉。當提托等離開時，牠已經躺在雪地上中毒身亡了。

5

傑克聽到從各方面傳來的消息說，現在郊狼鬧得更凶了。因此，他開始著手工作，下了許多捕狼鉗和有毒誘餌，想消滅在加納溪谷地區的郊狼。每隔一陣子，他就帶著獵狗仔細搜查奇姆尼波特農場附近的小密蘇里以南和以東地區。當然，牠絕不能讓狗在佈滿捕狼鉗和毒餌的地區自由跑動。整個冬天，他都用自己飄忽不定的方式捕狼，的確有了一些收穫。

他殺死了兩三隻灰狼，據說那是最後的幾隻；還有幾隻郊狼，其中一些無疑是和那條斷尾狼一夥的。就這樣，牠們由於缺少智慧而失去了會員資格。

儘管如此，那個冬天仍然有一系列郊狼襲擊牲畜的事蹟。在通常情況下，雪地上留下的蹤跡或目擊者的證詞都表明，這些事件的領導是隻矮小的斷尾巴狼。

其中的一個冒險故事成了街頭巷議的話題。一天日落之後，郊狼挑釁的聲音聽起來離奇姆尼波特農場很近。一打狗像往常一樣以喧鬧吠叫做爲回敬，只有那隻惡犬衝向了郊狼嚎叫的地方，因爲只有牠沒被拴住。牠的追趕毫無結果，嚎叫著回來了。二十分鐘後，又有另一隻狼在近在咫尺的地方嚎叫，像剛才一樣，這隻白狗又衝了出去。很快地，牠興奮的汪汪聲表明牠已經看見了獵物，正在全力追趕。牠跑遠了，兇猛的吠叫聲消失在遠方，從此就再也沒聽到過牠的叫聲了。

清晨，人們讀懂了昨天夜裡寫在雪地上的傳奇。第一次叫喊是爲了查出是否所有的狗都沒拴著；然後，發現只有一條狗沒拴著後，牠們訂了個計畫。五隻狼沿小徑躲起來；其中一隻上前嚎叫，直到把魯莽的白狗誘騙出來，然後就把牠引入伏擊圈。

和六條狼搏鬥，牠還有什麼勝算？就在牠曾經騷擾過提托的地方，牠們把牠肢解並吞食了。第二天清晨，當人們到來時，透過研究種種跡象看出整個事件都是有預謀的，而使這次行動成功的狡黠領導者便是那條斷尾巴郊狼。

人們生氣了，林肯狂怒不已；但傑克卻評論說：「我猜那條斷尾巴狼回來，只是想報復那條白狗罷了。」

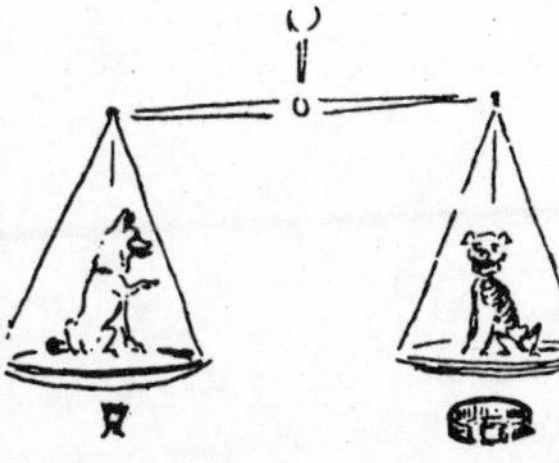

6

當春天就要來臨時，郊狼每年一度的發情期到了。馬鞍和提托整個冬天都在一起，但只是同伴關係。但現在，牠們之間產生了一種新的感覺。沒有太多的求愛過程，馬鞍只向那些可能的競爭者展露了牠的牙齒；沒有任何儀式。牠們已經做了好幾個月的朋友了。現在，因爲這種新的感覺，牠們自然地接受了對方，交配了。郊狼不會像人類那樣給對方起個名字，但牠們的確會咆哮或者短一些地嚎叫，代表「交配」或「丈夫」或「妻子」。牠們用這些來招呼對方，透過辨認聲音中的調子來判斷誰在呼叫。

現在，郊狼中鬆散且不穩定的兄弟般的關係解體了。其他的郊狼也都成雙成對地離開了。除此之外，溫暖的時期一到來，就會開始出現土撥鼠和小型的獵物，也就沒有聯合在一起捕食大型獵物的必要了。通常情況下，郊狼不會睡在狼窩裡或任何固定的地方，當天氣涼爽的時候，牠們整夜到處走動；白天會選一處便於放哨的僻靜山側，曬著太陽睡幾個小時。但發情季卻使這種習慣稍有改變。

天氣逐漸變暖，提托和馬鞍開始著手爲即將到來的家庭成員準備一個窩。

在一個溫暖的小山谷裡，有一個貛的舊窩，牠們把它打掃乾淨，加大加深。又往裡面運了大量樹葉和草，鋪成一個舒服的窩。牠們選這個地方做窩，是因爲這是群山之間既乾燥、陽光又燦爛的隱蔽處，位於小密蘇里往西半英里的地方。從窩往上三十碼的地方是個山脊，從那裡可以清楚地觀察草坡與河邊的棉白楊小樹林。人們會說這個地方很美，但可以肯定的是，另一側根本無法讓狼動心。

提托開始爲迫近的職責忙碌起來。牠安靜地待在窩的附近，馬鞍給牠帶回什麼，牠就吃什麼，或者吃著自己能輕易捉住，及牠在以前某個時間埋藏的少量食物。牠不僅知道週邊每個土撥鼠的聚居地，還知道所有老鼠和兔子喜歡的地方。

離窩不遠處，就是在獲得自由但也同時失去尾巴那天，牠曾經過的那個土撥鼠聚居地。如果牠能回顧以往的話，牠一定會笑話自己，那時是多麼的傻。現在，牠就要展示牠的新捕獵方法了。一隻土撥鼠在稍稍遠離其他土撥鼠的地方，用最安全的模式建立了一個巢。當提托凝視這個土撥鼠的時候，牠正在離自己的窩十碼遠的地方吃草。一隻遠離同類的土撥鼠當然比一隻處在同類中心的更容易捉，因爲牠只有一雙眼睛能保衛自己；所以提托開始悄悄接近這一隻。

周圍除了短草和一些低矮的雜草外，沒有任何隱蔽物，牠怎能捉住牠呢？北極熊知道怎樣在平整的冰上接近海豹，印第安人知道怎樣到吃草的鹿身旁，以及可以一擊而中的方法。提托知道怎樣使用同樣的竅門，儘管聚居地裡的一隻貓頭鷹飛過，發出咯咯的警告聲，但提托仍然繼續展開牠的計畫。土撥鼠如果不用後腿站立著就看不清楚；在埋頭吃草的時候，牠的眼睛幾乎毫無用處；這些提托都很清楚。進一步講，一隻灰黃的動物在灰黃的自然背景下，如果不動就很難被發現。提托看來也熟知這點，所以牠根本沒打算貼地爬行或躲躲藏藏，牠輕輕地迎風走向土撥鼠。

牠迎風而行不是爲了讓土撥鼠聞不到牠的氣息，而是爲了聞土撥鼠的味道，其實目的都相同。土撥鼠的前爪抱著食物一站起身來，牠就立刻像雕像一樣凝住

不動了。而當土撥鼠再次俯下身埋頭吃草時，牠就又平穩地走近，凝視牠的一舉一動。這樣在土撥鼠每次站起來觀察時，提托都能馬上一動不動地站住。儘管土撥鼠聽見遠處的兄弟們在不停地叫著，而且有一兩次，牠好像對兄弟們的喊叫有所警覺，但牠什麼也沒看見，所以就繼續吃草。提托很快就把五十碼的距離縮減到十碼，十碼到五碼，仍然沒被發現。然後，當這隻土撥鼠再次俯下身尋找更多草料的時候，提托猛地一撲，叼住了又踢又驚聲尖叫的土撥鼠。就這樣，物競天擇的天使砍掉了那些毫不警覺和傻乎乎地忽視群體生活優勢的個體。

7

提托也經歷過許多結局不太成功的冒險。有一次，牠幾乎就要捉住一頭不滿周歲的小羚羊了，但是卻被突然出現的羚羊母親給毀了。牠媽媽使勁頂了牠腦袋一下，鑽心的疼，就這樣，牠那天的捕獵就此結束了。從此以後，牠再也沒犯過這樣的錯誤——牠是有判斷力的。有一兩次，牠不得不跳起來避免被響尾蛇咬到。還有幾次，獵人用遠程來福槍向牠射擊。牠還要越來越小心可怕的灰狼。當然了，灰狼比這頭郊狼要大得多，強壯得多，但郊狼有速度的優勢，在開闊地裡通常能夠逃脫。唯一要注意的就是別被逼到角落裡。一般而言，當一條灰狼吼叫時，郊狼就安靜地離開，到別處覓食就行了。

提托有個很奇怪的愛好，牠喜歡用嘴叼著東西一走就幾英里，所叼的東西看起來似乎很有趣，但卻不能做爲食物。這種愛好偶爾會出現在狼或郊狼身上。有許多次，牠叼著一個老水牛角或一隻被人丟棄的鞋，小跑著行進了一兩英里，卻在發現其他有吸引力的東西時，把牠給丟在一旁。對這些現象品頭論足的牛仔們對此有好幾種解釋：其中之一是說牠們這樣做是爲了伸展雙顎，或讓頜骨得到鍛煉，就像人做負重訓練一樣。

像灰狼和狗一樣，郊狼也有在沿路的一些點呼喊的習慣，並留下牠們曾經來過的印證。這些點有可能是塊石頭、一棵樹、一根桿子或一個老水牛的頭蓋骨；

這樣，在這個點呼喊的郊狼就能透過氣味和蹤跡來判斷最後來過這裡的是誰、從哪裡來到、到哪裡去。整個鄉村都被這種聰明的儲蓄站規劃好了。現在經常可以發現，一頭無所事事的郊狼會在嘴裡叼著一段風乾的骨頭或其他無用的東西，但一看見信號杜就過來放下骨頭，閱讀這裡的資訊，然後忘了把骨頭帶走。這樣一來，信號杜的標記不久之後就更明顯了，堆滿了七零八碎的古怪東西。

這種絕無僅有的習慣，釀成了奇姆尼波特農場獵狗的災難，也就由此產生了郊狼的優勢。傑克在西部斷崖上下了一連串的有毒誘餌。提托知道這些是什麼，像往常一樣將牠們一腳踢開；但後來又發現了一些，牠收集了三四塊，穿過小密蘇里跑向農場裡的屋子。牠在安全距離內繞了幾個圈子，當引得群狗喧鬧咆哮時，提托就把誘餌扔下。第二天，人們出來遛狗的時候，狗發現並吞吃了這些碎肉。不到十分鐘，這些價值四百美元的灰狗就躺在地上死了。這個事故發生後出現了一項法令：不得在此地區下毒餌。這對郊狼來講可眞是個福音。

提托很快就認識到，不僅每種獵物都必須用不同的方法獵捕，而且每種獵物中不同的個體也要區別對待。窩在週邊的土撥鼠的確很容易捕捉，但現在聚居地非常緊密，這種土撥鼠已經不見了。在聚居地的中心有一隻又肥又大、絕佳的土撥鼠，像個完美的市政議員，牠幾次試圖捕捉牠的努力都付諸東流了。有一次，牠悄悄前行，幾乎就要能一撲就逮住牠了，突然前面一條響尾蛇發出生氣的嘶嘶聲，警告牠不要再輕舉妄動。這隻響尾蛇並不是要保護這隻土撥鼠，而是牠本身不願被打擾；出於本能，提托很怕蛇，於是只好被迫放棄打獵。因爲市鎮議員的窩所處的位置在中央，所有的土撥鼠都是牠的哨兵，因此想毫無遮掩的悄悄潛行到牠身邊的計畫幾乎是完全失敗；但牠的確太有吸引力了，眞捨不得放棄，於是提托耐心地等待著，直到條件成熟時，牠制定了一條新計畫。

所有的郊狼都會一種詭計，牠們會在一個高處的哨所觀察任何經過小路的東西。牠一過去，郊狼就會下來檢查牠的足跡。提托也有這種習慣，只是牠在做這件事的時候總是小心謹慎，不讓自己被別人看到。

有一天，一輛馬車從鎮上過來，向南駛去。提托低低地趴著，直到馬車走遠

了，有什麼東西掉了下來。當馬車消失得不見蹤影的時候，提托才從山上偷偷下來。開始先出於習慣，牠聞了聞車轍印，然後就看看從車上掉下來的是什麼東西。這東西實際上是顆蘋果，但在提托眼裡只是一個毫無吸引力的綠色圓東西，像個沒長尖刺的仙人掌葉子，還帶著特殊的味道。牠聞了聞，沒有理它，正打算繼續向前走；但太陽照在蘋果上面，如此明亮，而且當牠用爪子一碰時，那東西就奇妙地骨碌走了。就這樣，牠把蘋果撿了起來，小跑著往回翻過高地後，發現自己身在土撥鼠聚居地裡。就在那時，兩隻巨大的草原鷹滑翔而下，掠過平原，像海盜一樣。鷹剛一出現在土撥鼠的視野範圍之內，所有的土撥鼠就大叫起來，互相猛搖尾巴，躲到地下去了。當所有的土撥鼠躲起來後，提托走向那個又肥又大的傢伙的窩，牠對那個傢伙可是覬覦已久。到了如環形山的窩旁，牠把蘋果放在離窩邊緣幾英寸遠的地方，還把鼻子伸進去享受了一番土撥鼠肉的香味，連牠的窩都比其他的芳香。然後牠悄無聲息地走到大概二十碼遠的地方，在一叢黑肉葉刺莖藜的後面平趴下來。剛過了幾秒鐘，就有愛冒險的土撥鼠向外望，發現沒

有任何動靜，就發出「一切都好」的叫聲。於是土撥鼠一個接一個地出來了。二十分鐘後，聚居地又像以前一樣充滿了活力。

那個肥碩的老市政議員最後出來，牠總是精心對待牠寶貴的身軀。牠謹慎地向外窺視了好幾次，然後才爬上了牠瞭望台的頂端。土撥鼠的地洞像個墓穴，垂直向下。在墓穴的頂端建有一個高高的土脊，當做瞭望台，這種結構還能夠保證不管牠們在匆忙之中如何失足滑倒，都能跌入穴中，被提供全方位保護的土地吞沒。在墓穴的外面，地面土坡平緩下降。現在，這位市政議員看見牠門檻上有個奇怪的圓東西，感到很害怕。第二次偵察讓牠確信那東西不僅不危險，可能還很有趣。牠小心翼翼地走近那個東西，聞了聞，還試圖咬一小口，但由於蘋果是圓的，地面不僅傾斜還很光滑，蘋果就骨碌跑了。這隻土撥鼠跟著蘋果跑，還吃了一小口，滿意地發現這奇怪的東西是頓美餐。但牠每咬一口，蘋果就滾遠一些。窩邊土坡的邊界清晰可見，其他土撥鼠都在外面，所以這位肥碩的市政議員就毫不猶豫地跟著這個躲避著的狡猾蘋果越跑越遠。

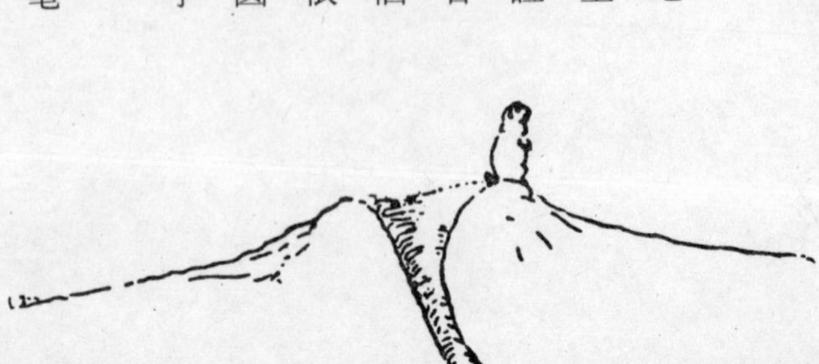

它彎彎曲曲地扭動著，土撥鼠就跟在它後面。當然了，蘋果就是向著長著黑肉葉刺莖藜叢的低地漸漸移動。品嚐了幾口蘋果後，牠的食欲被激發起來了。這位市政議員越來越感興趣。一英尺一英尺地，牠被蘋果牽引著離開牠的窩，離那片古老熟悉的灌木叢越來越近，此時牠除了吃蘋果的樂趣外，什麼都沒想。提托弓起身子，撐起腿，丈量著牠們之間的距離。當距離縮減到不多於三跳時就一躍而起，像支箭一樣衝了出去，撲住牠，終於戰勝了牠。

現在，牠永遠也不會知道那個蘋果的擺放是出於偶然還是預謀，但事實證明很有效。如果這樣的事情發生在一條聰明的郊狼身上一兩次，牠又善於嘗試新的技巧，那麼就很有可能發展成爲一種新型的捕獵方法。

吃了一頓美味大餐後，提托把剩下的肉帶到一個涼爽的地方，沒有丟棄，而是埋在那裡以供日後之用。不久以後，牠就會因爲十分虛弱而無法大量捕獵，那時牠各式不同的儲藏就變得十分有用了。的確，肉會腐敗得很厲害；但提托並不挑剔，牠不怕也不知道微生物，因此也就不會受到病痛的影響。

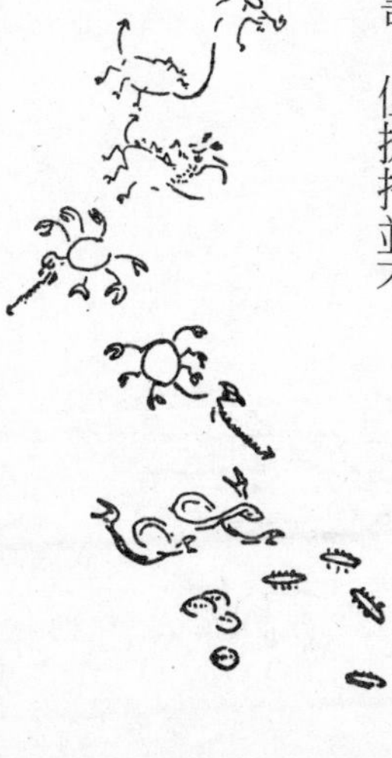

8

海華沙可愛的春風觸摸到仙境般的巴特蘭（注：Badlands，本意是「荒地」的意思）中所有的東西。噢，爲什麼叫巴特蘭呢？如果自然在造物的第八天坐下來，經過深思熟慮後說：「現在，工作都做完了，讓我們玩一玩吧；讓我們來創造一個地方——把所有完美無缺、精彩和美麗的東西組合在一起——一個人類、飛鳥和野獸的天堂！。」肯定就是在那時，它創造了這些充滿野性而神奇的群山，充滿生命、色彩鮮豔的花朵燦爛無比，一片片小叢林點綴得變化多端，溢滿的湖泊和小溪增加了亮麗的顏色。最顯著的地方、近處和遠處的群山，每走一步都有新的景色；我們發現，自然在使用它的財寶時，在其他地方吝惜如金，在這裡卻揮金如土：上有色彩繽紛的天空，下有色彩繽紛的大地，遠處被精心雕刻的小丘攔住。這些小丘都是用珍貴的石頭和礦石做成的，彷彿被永久且難以言表的落日光輝所渲染。但是，儘管這是一片比描述的還要美十倍、像被施了魔法般華

美燦爛的仙境，卻還有視而不見的人沒有到過這美妙的地方，因爲通往這裡的路太難走了。

奇姆尼小丘西面的小山谷裡佈滿了新鮮的青草。剛剛遠去的冬天向世間的一切發動戰爭，春天卻溫和而平靜地取得了勝利。長相危險的絲蘭把它的讚美——它的花——送給了春天，花朵如此美麗，甚至連最冷漠的科學家都爲之動情，以Gloriosa爲它命名。連草類中最奸詐的有毒仙人掌都令人驚奇地開出華麗的花朵，花朵在仙人掌上如同珍珠貝裡的珍珠。鼠尾草和黑肉葉刺莖藜獻出了它們的金色，銀蓮花把巴特蘭染得像是覆蓋著藍色的雪；天空中、土地上、群山裡的一切生命都感覺到了春天豐饒的允諾。這是冬天饑荒的結束，夏天盛宴的開始，所有生命註定要當媽媽的季節。這時，小郊狼看見了第一縷天光。

母親不需要學習怎樣愛牠蠕動著的、無助的幼崽。牠們生來就帶著愛——不多也不少，無法測量，但是完美的愛。在那個昏暗又溫暖的住所裡，牠愛撫著牠們，舔著牠們，依偎著牠們，帶著發自心底的溫柔熱情。這對牠來說，是生活的

新紀元，不亞於孩子們的新生命。

但對牠們的愛和對牠們安全的擔心程度是一樣的。在過去的日子裡，牠只關注牠自己。在牠不同尋常的童年裡以及以後的日子裡，牠所學到的都歸結於一點——保護自己。現在，牠的孩子把牠從自愛的圈子裡拖出來。牠主要的注意力都集中在保護牠們的家不被發現。一開始，這並不難做到；因爲牠不得已離開時，只是爲了滿足牠自己的吃食需要。

牠萬分小心、謹愼地來來去去，仔細偵察好週邊環境，確保沒有任何生物看見或發現牠放財寶的地方。如果有可能的話，把小傢伙們對媽媽的印象和牛仔們對牠的印象並排放在一起對比的話，根本就找不出共同點，雖然對雙方出發點看來都是正確的。農場上的人只知道郊狼有卑鄙兇殘的雙顎，牠們被不只疲倦的四條腿馱著四處跑，由不可思議的狡猾所操縱，把一連串破壞事件留在身後。而在小傢伙們眼中，牠是充滿關愛的、溫柔的、全能的保護者。對牠們來講，牠的胸膛柔軟溫暖，無限溫存。牠哺育溫暖牠們，是牠們聰明警惕的監護者。當牠們饑

餓的時候，牠總能帶著食物來到旁邊；總能充滿智慧，挫敗狡猾的敵人；總能勇敢無畏，完美無缺地完成爲牠們制定的周密計畫，毫無閃失。

剛生出的郊狼不成形、沒有感覺、蠕動著——除了對牠們的媽媽來講——是最無趣的一堆東西。但牠們的眼睛能掙開，腿能跑動，學會和兄弟們在陽光下戲要，或媽媽帶回食物在門口呼喚的時候能回應時，小郊狼就變成世上最迷人、最可愛的小調皮鬼。所以當九隻幼仔到了這個階段時，提托並不需要母親的天性，牠們就成爲牠最感興趣的對象。

現在，夏天來臨了。小傢伙們開始吃鮮肉了。在馬鞍某種程度的幫助下，夫妻倆忙於給牠們自己和幼仔們提供食物。有時候，牠帶給牠們一隻土撥鼠；有時則叼著一串囊鼠和田鼠回家；還有一兩次，在計謀巧妙的接力追逐中，牠爲家裡的小傢伙們成功地捉住了一隻北美長耳大野兔。

吃完一頓大餐後，小狼們會隨意躺在窩邊曬一會兒太陽。提托就爬到山谷邊上站崗，用牠銳利的黃銅色眼睛掃視地面和天空，以免任何危險的敵人發現牠們

的快樂山谷；快樂的小狼玩咬自己尾巴的小遊戲，或追捕蝴蝶，或假裝拚死打鬥，或又撕又咬著散落在家門四周的骨頭和羽毛。其中最小的一個——一窩裡總有最小的——待在媽媽身旁，爬上牠的背或拉牠的尾巴。牠們玩耍的時候構成了一幅美麗的畫，猛一看，在中間又打又鬧的一群，似乎是整幅畫的中心；但再深入地看一眼，目光就會落在母親身上，安靜、警惕，內心並非不感到焦慮，但顯露出來的卻是張充滿溫馨母愛的臉。噢，牠又驕傲又快樂，牠會蹲在那裡無聲地看著牠們，愛牠們，直到該回家的時間到了，或是遠處有危險的跡象。如果這樣，牠就低吼一聲做為信號，所有小狼都會在眨眼間消失；之後，牠會出發挑戰並引開危險，或再次出擊捕獲獵物。

9

獵狼人傑克有幾個發財的計畫，但一旦發現計畫意味著工作，就把它們一個

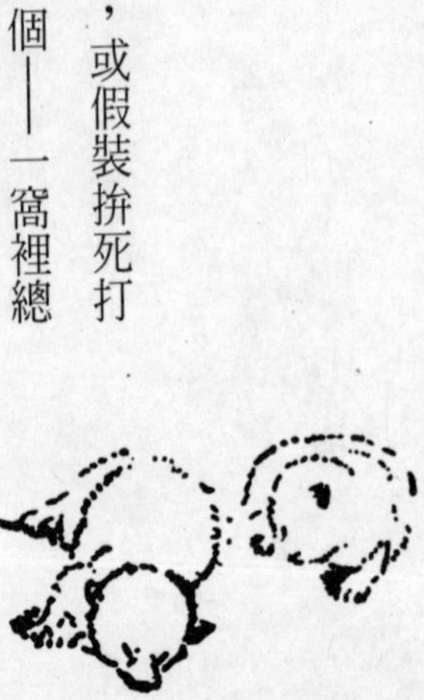

接一個依次放棄了。這種人中的大多數都曾經在家禽養殖場的事業中看到了千載難逢的良機。他們抱著這樣的希望——覺得家禽自己能照料自己，不用人管。沒有費心思去考慮細節問題，傑克把一筆意外之財都投入到購買十二隻火雞上，做爲他最新的發財計畫。

這些火雞被安置在他簡陋棚屋的一端，以便能得到很好的看管。在一兩天之內，這些火雞吸引了牠全部的注意力，得到精心呵護——實在是精心過了頭。但傑克的激情在第三天就消褪了；在梅朵拉受到人們讚頌的時光下，躺在陽光燦爛的小丘頂上度過慵懶一天的古老誘惑，喜愛於熱情好客的遠方牧場上的日子——這些不斷產生的需要，把他熱衷於家禽飼養場的最後僞裝一掃而空。

這些火雞完全被忽視了——牠們得自己尋找草料；傑克每次出去幾天後又回到他毫無吸引力的簡陋棚屋時，都發現火雞越來越少，直到最後只剩下一隻老的雄火雞。

傑克一點都不關心損失，卻對竊賊感到義憤填膺。

他現在在博多埃若牧場幹活，是個獵狼人。也就是說，他裝備有毒藥、捕狼鉗和馬匹，並且有資格得到他捉到狼所得的賞金。牧場的主人很慷慨，說幹得好的人還能得到額外的報酬，但傑克可不信這些。

當然，每個獵狼人都知道他們的工作分爲明顯的幾個時期。

冬末或早春——動物的發情期——獵犬不會捕獵母狼。在這個時期，牠們會避開公狼的蹤跡而追蹤母狼，即便追上牠了，往往又會出於某種多愁善感的原因，讓牠平安無事地走了。在八月和九月，小郊狼和小狼開始獨自到處跑，那時很容易用陷阱捉到牠們，也很容易毒死牠們。一個月左右後，倖存者就已經學會怎樣照顧自己。獵狼人都知道，夏初山中到處都是一窩窩的小狼。每個窩裡都有五至十五隻幼崽，唯一的困難就是找到這些家庭藏匿的地點。

發現狼窩的辦法之一，是從某個高高的小丘上觀望，找到爲家裡的小狼叼著食物的郊狼。這種獵狼方法需要靜靜的躺著，因此非常適合傑克。他裝備有一匹博多埃若牧場的馬和牧場主人的小型雙筒望遠鏡，他接連花了幾個星期時間尋找

狼窩——也就是在某個可能的瞭望台躺下來睡覺；在方便的時候，也偶爾躺著瞟一眼鄉村。

郊狼都已經學會遠離開闊地。牠們通常沿著隱蔽良好的山谷回家；但並不是總能如願。有一天，傑克在奇姆尼小丘西部鄉村做他「艱辛」的工作時，傑克的小型雙筒望遠鏡碰巧落到了一個暗色斑點上，牠正沿著山邊開闊的一側移動。牠是灰色的，至少看起來是這樣：甚至連傑克都能看出來那是一頭郊狼。如果是頭灰狼的話，尾巴看起來就會是翹起來的樣子。狐狸看起來會有大耳朵，大尾巴，黃色也能說明牠的種類。如果看起來前頭有黑色陰影，意味著嘴裡有東西——很有可能是帶回家裡的東西——這樣就會意味著家裡有一窩小朋友。

他仔細地記下這個地點，第二天又回來觀測。他在昨天看見狼往家裡運食物地點的附近，另選了一個高丘。但一天過去了，他卻一無所獲。但到了第三天，他遠遠望見一頭暗色的郊狼——馬鞍——叼著一隻大鳥。借助小型雙筒望遠鏡，他確定那鳥是隻火雞，他就此明白家裡的院子徹底空了，也知道其他的火雞都到

哪兒去了。他發下毒誓，只要發現狼窩的話就要報仇雪恨。他極盡目力地跟蹤馬鞍，但是這樣看不了多遠，然後他就下到那個郊狼消失的地方，看看能不能跟蹤腳印。但他沒發現引導的標記，也沒到小山谷裡碰碰運氣，那裡是提托孩子們的活動場。

同時，馬鞍來到小山谷，發出低吼，這吼聲總能從地下變魔術般地變出不服從管教的九頭騷動的小狼。牠們衝向火雞，又拉又咬地把牠撕開。每人搶得一塊，跑到一旁獨自安靜地繼續吃。有另一隻走近的時候，就用嘴緊緊地咬住自己那塊肉，使勁瞪著眼睛，想努力看清入侵者，瞪得都露出略帶棕色的眼白了，還盡力發出微弱的吼叫聲。那些得到柔軟部分的小狼好好的吃著，但有三隻把所有心思都放到雄火雞的骨架上，爲此展開了一場大戰。

牠們把骨架拖著到處跑，還扭打成一團，偶爾弄下幾塊肉，但卻相互干擾，不讓對方吃食。直到提托飛掠回家，熟練地把火雞咬成三四份才停止。小狼們就咬著各自的一份戰利品跑開，坐在上面，使勁咀嚼著，吧嘰吧嘰地舔著嘴唇，把腦袋側著低下去用最後幾顆槽牙啃骨頭。這時，最小的那隻帶著勝利的喜悅叼著牠那份——雄火雞怪異的頭和脖子——跌跌撞撞跑回窩。

10

傑克感覺自己受到了難以忍受的傷害，完全被毀了，因爲那頭郊狼偷了他所有的火雞。他發誓，發現了小狼後要活剝了牠們的皮，並且一心想著他會怎樣做，自得其樂。他跟蹤馬鞍的嘗試完全失敗，搜尋狼窩也無功而返，但他還是爲緊急情況做好了準備。他帶了一把鶴嘴鋤、一把鐵鍬，以備在發現狼窩時使用；還帶了一隻白色活母雞，以備發現不了時使用。

現在，他把這隻母雞帶到他曾經見到過馬鞍的寬廣開闊地，把雞拴在一根狼難以拖動的木頭棍子上。然後舒舒服服、安安靜靜地躺在附近的觀測點上。當然了，這隻雞把繩子拉得緊緊的，趴在地上傻傻地撲楞著翅膀。一會兒，木頭墜子

挪動了一些，繩子勒得就不那麼緊了，母雞就偶爾換一個方向。如此這般過了一會兒，母雞就站直了向四處張望。

白天慢慢過去了，傑克躺在他觀望哨所的毯子上，慢吞吞地伸了個懶腰。快到晚上的時候，提托外出打獵路過這裡。這不奇怪，因爲牠的窩就在半英里之外。在提托認識到的許多規矩中，有一條是：永遠不要把自己暴露在天邊。以前，郊狼曾經沿山脊頂端小跑，以便利於觀察兩側情況。但人和槍讓提托認識到，這種方法只會使自己暴露無遺。因此，牠經常沿山頂稍下的地方跑，一會兒向山那邊瞟一眼。

那天傍晚，牠出來爲孩子們捕獵晚餐時，用的就是這種方法。牠敏銳的眼睛發現了這隻白色母雞。母雞正在四周昂首闊步傻乎乎地走著，每當一隻並無惡意的兀鷹在一大片白雲間飛過時，牠就傲慢自大地向上翻翻眼睛，看一看。

提托被迷惑住了。這是個新事物，看起來像是個獵物，但牠不敢冒任何危險。牠轉了一圈，沒露面，然後決定不管是什麼，最好別動。牠繼續往前走的時

候，一陣微弱的煙味吸引了牠的注意力。牠小心謹慎地跟著味道走，在離這隻母雞很遠的小丘下，牠發現了傑克的帳篷。牠的床還在那兒，牠的馬繫在木樁上，在熄滅的火堆上有個罐子，發出人住的帳篷中牠非常熟悉的味道——咖啡的味道。在離牠家如此近的地方發現人的蹤跡，這令提托感到很不安。但牠安靜地離開，不讓自己被看見，繼續去打獵，傑克根本就不知道牠已經來過。

大約在日落的時候，牠把引誘用的母雞收了回來，以免被數量眾多的貓頭鷹吃掉，回到了牠的帳篷中。

11

第二天，母雞又被放了出來。那天下午，馬鞍小跑著經過這裡。一看到這隻白母雞就馬上停住了，把腦袋歪向一邊，盯著看。然後轉了一圈，嗅了嗅風中的味道，就小心地偷偷靠近，非常小心，有些迷惑，直到聞到了一絲味道，讓牠想起了發現那些火雞的地方。母雞嚇了一跳，想跑；但馬鞍向前一衝，兇猛地咬住這隻雞，連繩子都咬斷了。之後就向著自己家所在的小山谷飛跑回去。

傑克已經睡著了，但母雞咯咯的叫聲碰巧把他驚醒了。他坐起來，剛好趕上看見馬鞍叼著雞跑遠了。

牠們一出視線之外，傑克就循著白羽毛的小徑追蹤。一開始，母雞在掙扎時掉了大量羽毛，因此追蹤起來很容易；但牠一旦在馬鞍的嘴裡死了之後，羽毛就很少掉下來了，只有被帶著穿越灌木叢時才會掉落幾根。但馬鞍幾乎是徑直回家，給小傢伙們帶去這洩露秘密的獵物，所以傑克從容又信心十足地跟著。有一兩次，當這頭郊狼改變行進方向或經過一片開闊地的時候，傑克就感到迷惑，停頓下來；但五十碼外的一根白色羽毛就足夠讓牠繼續追蹤了。當天空完全暗下來的時候，傑克離小山谷已經不到兩百碼遠了。就在此時此地，九隻小狼正在享用一頓母雞美餐：把牠撕成一塊一塊的，狼吞虎嚥，低吼著，打著噴嚏把羽毛從鼻子上弄下來或把牠們從嗓子裡咳出來。

如果現在一陣風從這個方向颳往傑克那裡，也許會帶去一陣雪白的雞毛、甚至小狂歡者快樂的叫喊聲，這個狼窩就會立刻被發現。但幸運的是，夜晚的平靜時期開始了，而且傑克在灌木叢中循羽毛搜索時發出嘩啦嘩啦的聲音，把所有遠處的聲音都淹沒了。

大概在這時，提托帶著一隻喜鵲回家來了。一直等到這隻喜鵲落在一匹死馬的肋骨上吃食，提托才捉住牠。突然牠遇到了傑克的蹤跡。現在在這個鄉村裡，一個走路的人總是個可疑對象。牠跟著蹤跡走了一小段，想看看他往哪裡去，但牠立刻從味道上察覺出來他是誰。沒人知道牠是怎樣知道的，但所有的獵人都知道牠的確知道。

但提托注意到這個人是徑直向牠家走去的。新的恐懼讓牠毛骨悚然，牠把叼著的鳥藏了起來，然後跟蹤人的蹤跡。幾分鐘之內，牠就聽見他在灌木叢裡發出的聲音，提托感受到可怕的危險迫在眉睫。牠悄無聲息地快速繞了個圈子，到了牠的窩所在的山谷，到了毫無戒備的喧鬧快樂者身旁。牠叫了一聲發出信號，這樣牠們就不會在牠接近時感到害怕了。但牠看到現在這山谷和窩飄滿雪白的雞毛，那麼引人注目時，一下子被嚇呆了。馬上發出了表示有危險的叫聲，讓小傢伙們都到地下去，小小的林中空地立刻就悄無聲息。

牠自己的鼻子是如此敏銳，總能成為牠的嚮導，所以牠不可能需要白色的羽毛來告密。人，這種牠長久以來一直認為是不可靠且善於欺騙的角色，他們的氣味對牠來講，意味著災難，和牠自己遇到的所有麻煩都有關係，而且是使牠身處絕境的原因。現在，牠認識到人離牠的心肝寶貝已經非常近了，而且正要追捕到牠們；在幾分鐘之內，牠們就肯定會落入他殘忍的手中。

噢，一想到即將要發生的事，媽媽的心裡感受到的絞痛是多強烈呀！但母愛的溫暖賦予了母親智慧。牠把小傢伙們藏起來、向馬鞍傳達危險的信號之後，牠敏捷地跑回人的身邊，在他身前掠過。用牠幾近推理的方式思考得出結論，那人肯定像牠一樣是跟著腳印過來的，所以必然將跟著牠現在留下的、更清晰的腳印。牠沒有意識到正在逐漸消失的光亮會造成任何不同。牠向一邊跑，為了確保

被跟著，牠發出了牠所能發出的最兇猛的挑戰，就像以前牠多次引得獵狗追擊牠那樣：噢——噢——噢——喔——

然後站定不動，跑得稍微近些再來一次，片刻後又離得近了一些，重複嚎叫，牠滿懷信心獵狼者應該會跟著牠。

沒想到因爲夜幕正在降臨，獵狼者根本就看不見這頭郊狼。所以他決定放棄追蹤。他對一切細節的理解和郊狼媽媽相比有天壤之別，但是卻殊途同歸。他聽出嚎叫出於悲痛的郊狼母親，想把他引開，所以他知道一窩小狼一定就近在咫尺，他現在要做的只是明天一早回到此地，完成搜索。因此他向帳篷走回去了。

12

馬鞍認爲牠們已經贏得了勝利。牠感到十分安全，因爲牠認爲獵人是聞著牠留下的腳印追蹤而來的，而第二天早上，腳印的氣味就會非常微弱。提托卻並不感到安全。兩條腿的野獸離牠家和牠的小傢伙們很近；幾乎難以避開；可能還會再來。

獵狼者重新釘牢拴馬樁，把火撥亮，煮了咖啡，吃了晚餐，在躺下睡覺之前還抽了會兒煙，偶爾想起清晨牠將收穫的毛茸茸的小狼頭皮。

在他剛要裹上毯子睡覺的時候，黑暗的遠方突然傳來郊狼夜晚的嚎叫之聲，此起彼伏的挑釁並非出自同一條狼。傑克惡魔般獰笑著，說：「你還在那兒。再叫一會兒吧！我明天早上去見你。」

這是普通的、僅有的一次，郊狼對帳篷發出的嚎叫。叫聲只有一次，然後萬籟俱寂。傑克很快就睡得死豬一般，忘了這事。

嚎叫的是提托和馬鞍。挑釁並非毫無目、虛張聲勢，而是有明確的目標——確定敵人是否帶著獵狗；因爲沒有回應的叫聲，所以提托知道他一條狗都沒帶。

然後提托等了一個小時左右，直到微微顫動的火花完全熄滅，帳篷周圍唯一的聲音就是被拴著的馬吃草的聲音。提托躡手躡腳地輕輕匍匐前進，一直到了離馬只有二十英尺的地方馬才發現牠；馬受了一驚，把綳得緊緊的拴馬繩盪了起來，打著響鼻。提托平靜地走上前，張開寬闊的大嘴，用力咬住繩子，用大剪子般的槽牙咀嚼了幾秒鐘。纖維很快就被磨開了，緊張的馬一直在繩子上用著勁，使得繩子開得更快了；最後幾縷細繩也斷了，馬自由了。牠不那麼害怕了；牠知道郊狼的氣味；跳了三步走了六步之後，牠停了下來。

馬蹄踏在地上發出嘈雜的砰砰聲，驚醒了夢中人。他抬頭看了看，但看到馬站在那裡，就又安心地睡著了，推想一切都安好。

提托剛才悄悄溜走了，但現在像個陰影一樣又回來了，避開睡覺的人，但在周圍轉了一圈，疑心重重地嗅了嗅咖啡，又對一個馬口鐵罐子感到疑惑不解，這時馬鞍正在檢查煎鍋，然後把蛋糕和鍋都用土弄髒。馬韁繩掛在一處矮灌木叢上；提托不知道那是什麼，但是爲了討個吉利，牠們把牠撕成了好幾片，然後又把盛著傑克燻肉和麵粉的袋子叼到遠處埋在沙子裡。

在做完所有能做的惡作劇之後，提托領著牠的伴侶出發到一個佈滿樹木的峽

谷。那個峽谷離這裡幾英里遠，有一個花栗鼠掏的洞，又被其他幾隻動物擴大過——其中包括一隻狐狸，想要掏出當時藏在洞裡的住戶。提托停下來，察看了許多其他可能的地方後，才決定要用這個。然後牠開始挖掘。到看見牠現在正在做的事情之前，馬鞍都一知半解地跟著做。當牠挖累了出來的時候，牠就進入洞中，四處聞了聞，之後繼續這項工作。把挖出的泥土從後腿間拋出，當土在牠身後堆得太高時，就出來把土推到更遠的地方。

牠們這樣挖了好幾個小時，相互輪換休息，雖然沒說一個字，但卻非常了解要達到的目標。當黎明來臨的時候，牠們已經挖好了一個窩，寬敞得足夠裝下牠們一家。雖然比不上青草依依的山谷中那個家，但也足以應急用了。

在日出之前，獵狼人醒來了。出於一種平原人的本能，他出來看一下馬，馬已經不在了。馬對於他來講就像水手的船，飛鳥的翅膀，商人的錢財。沒有了馬，他將失去幫手，就像水手迷失在大海中，飛鳥折斷了翅膀，財政出現了赤字。在平原上徒步行走，就像把世界上一切困難都加了起來。甚至連傑克都意識

到了這一點。當他看到他的戰馬在一塊平地上吃草，離帳篷越來越遠的時候，他蠢笨的頭腦感到震驚。又看了一眼，才注意到馬還拖著韁繩。如果韁繩被留下，傑克就知道毫無希望捉住那匹馬；他就無法完成找狼窩、捉住那些小狼這件事。但是，牠拖著韁繩，傑克就很有可能捉住那匹馬；因此他起程碰碰運氣。

在所有令人發瘋的事情中，沒有比「幾乎」能捉住你的馬更糟的了。不管傑克怎樣做，都不能靠近那匹馬、抓住那根短繩。那匹馬領著他不停向前跑，直到最後他們踏上了返家的小路。

現在，傑克只能步行，沒發現其他好辦法，他也只好跟著馬返回農場。但走了七英里後，傑克終於成功地捉住了馬。他用繩子簡單地給馬安上了個馬繩，然後騎了十五分鐘沒上馬鞍的馬，跑了三英里，來到牧羊農場。牠用殘酷的方法折磨那匹馬來發洩被壓抑的怒氣。當然，這樣做並沒什麼好處，傑克也知道這一點，但是，他認爲這樣可以讓自己覺得舒服一些。

傑克吃了一頓飯，借了一個馬鞍和一隻能追蹤的雜種狗，在下午晚些時候回

到了宿營地，完成他搜尋狼窩的狩獵計畫。如果他知道眞相，即使沒有這條雜種狗的輔助，他也能發現狼窩，上次他追尋羽毛線索到達後又離開的地方和狼窩已經近在咫尺。走了不到一百碼，他來到一個小山脊的頂上；幾乎和山脊另一面的一條郊狼碰了個面對面，這條郊狼嘴裡叼著隻大兔子。就在傑克用左輪手槍射擊的那一刻，這條郊狼飛躍起來，狗也爆發出兇猛的叫聲，衝出去追擊。傑克放了一槍又一槍都沒打中，同時感到難以理解：爲何那頭郊狼在獵狗緊追不捨的逃命關頭，還叼著那隻兔子。傑克跟到他能跟的最遠距離，一有機會就開槍，但一槍都沒中。所以當牠們消失在小丘背後，他就不管那條狗了，繼續追還是要回來，隨牠便。牠回到狼窩，當然了，現在這個狼窩變得十分明顯。傑克知道小狼在這裡，難道他沒看見母狼給牠們帶的兔子嗎？

傑克把後來的時間都花在用鶴嘴鋤和鐵鍬挖狼窩上了。有充足的證據顯示，這個窩裡有小狼，他不時得到鼓舞，於是繼續挖掘。他在做了幾個小時有生以來最艱苦的工作後，到了窩的盡頭——卻發現窩是空的。震驚憤怒之餘，牠咒罵自

己不走運。之後，他戴上厚厚的皮手套在窩裡摸索。他摸到了某種堅硬的東西，就把它拽了出來。原來是他自己雄火雞的頭和脖子，這就是他辛苦勞動所得到的唯一收穫。

13

在敵人出去尋馬的時候，提托也沒有閒著，不管馬鞍做過什麼，提托可不會盲目樂觀。修整完新家以後，牠一路小跑回到了那個佈滿羽毛的小山谷。第一個在門口迎接牠的小傢伙長著和牠一樣的寬腦袋，提托用嘴叼著牠的脖子，穿過鄉村，朝兩三英里外的新家跑去。每過一會兒，牠就得把孩子放在地上，讓小傢伙有機會喘口氣。這使搬家進行得很慢。牠用了整天的時間在搬運孩子們，而且禁止馬鞍幫忙，可能是因爲牠太粗魯了。

從最大最聰明的孩子開始，提托一次一隻地將牠們運走。到鄰近傍晚的時

候，只剩下最小的孩子還被留在原來的窩裡。提托不僅整個晚上都在挖洞，還跑了三十多英里，其中一半的路程還得叼著很重的孩子。但是牠沒有休息。牠正叼著最小的孩子從洞穴中出來的時候，在山谷的邊緣碰上那條獵狗，後面不遠的地方，是獵人傑克。

提托緊緊地叼著孩子，開始逃跑，後面的獵狗則在緊緊追趕。

左輪手槍響起「砰！砰！砰！」的聲音。

但是子彈並沒有擊中牠，翻過了山脊之後，手槍就打不著牠了。這頭疲勞的郊狼叼著孩子，順著山坡一路衝了下去，又飛快地穿過一塊平地，而那條兇惡的獵狗就在身後竭盡全力追擊。如果精力充沛且沒有任何負擔的話，牠會很快將那隻狂吠的笨狗甩在身後。但現在，牠卻瘋狂地跟在身後，離自己越來越近，而非越來越遠。但牠竭盡全力猛衝下斜坡，贏得一點優勢；在穿過一片灌木叢生的平地時，灌木又掠奪了牠全部的既有優勢。牠們再一次來到曠野，在遠處辛苦追趕的獵人又看見了牠們，不停地用左輪手槍進行射擊，但卻只激起了地上的塵土。

但躲避子彈也耽誤了牠的時間，子彈卻激勵了獵狗。獵人看到這頭郊狼——牠短尾巴的老相識。按傑克的想法，提托正叼著一隻長耳大野兔準備送給孩子們。牠對這頭郊狼怪異的鍥而不捨感到疑惑：「爲什麼牠逃命的時候也不丟掉那累贅？」但牠繼續奔跑，不屈不撓負重越過群山，獵人開始詛咒爲什麼沒騎馬過來。那隻雜種狗拚了命也只能跟在郊狼身後三十英尺的地方。

忽然，在提托的前面出現了一個裂開的溝渠。牠太累、負重太大，不敢冒險越過去，於是繞行。但那條狗精力充沛，輕易跳了過去。這樣，狼媽媽在一開始獲得的領先優勢少了一半。但牠繼續向前跑，竭力把孩子舉過尖銳的灌木叢和絲蘭上危險的刺；但用力過猛，無助的小狼在媽媽緊咬之下呼吸困難。牠必須放下牠，否則就會憋死牠；帶著如此沉的東西，牠無法再領先多長時間了。牠試圖嚎叫求助，但小狼使牠的聲音含混不清。小狼掙扎著吸氣，牠也試者放鬆些，猛地一掙扎，小狼從牠嘴裡急滾而出，落在草地上——落到了毫無慈悲之心的獵狗面前。提托比獵狗小得多；一般情況下，牠會嚇跑牠，但牠的小傢伙，牠的孩子是

牠現在唯一關心的。當這野獸撲向牠，要用牠邪惡的牙齒把小狼撕碎時，牠跳到孩子和獵狗中間，站在那兒，立起全部鬃毛、暴露所有牙齒，明白無誤地表示牠將不惜一切代價保護孩子。這條狗並不勇敢，只是覺得自己個頭大、又有人在後面撐腰。但現在那人在遠處，於是牠在衝向抖個不停的小郊狼途中突然停滯不前。這時，小狼努力想躲在草叢裡。提托趁雜種狗猶豫之機，發出了救援的長嚎——召集的呼喊：

喔——喔——喔——喔——喔——哦——

喔——喔——喔——喔——喔——哦——

這使得周圍的土丘迴響不斷，傑克不知道聲音是從哪裡傳來的；但有其他的動物在那兒，知道聲音是從哪裡傳來的。當聽到遠處傳來隱約的喊聲時，這條狗的勇氣又復活了。牠又一次撲向小郊狼，但母親又一次用自己的身體擋住了牠，然後就展開了生死決鬥。「噢，要是馬鞍來了該多好！」但沒有幫手到來，牠再也沒有機會呼叫了。

體重在肉搏中決定一切，所以提托很快就敗了下來，雖然勇猛地抗爭到底，但形勢明顯不利；勝利在望，獵狗的勇氣不斷增長，牠現在所想的只是殺了牠再結束無助的小狼。牠的耳朵和眼睛沒注意到其他的事情，直到從最近的鼠尾草叢裡飛射出一道灰影。一剎那間，這大嗓門的懦夫就被一個幾乎和牠一樣重的敵人掀到一邊——肩膀上被撕了一道口子。衝出、撕咬、停住，馬鞍又衝了上去。提托奮力站起來，牠們雙雙逼近牠。

一看到不佔優勢，獵狗的勇氣立刻煙消雲散，牠現在想的就是逃到一個安全的地方——從馬鞍那逃走，牠的速度像風一樣；從提托那逃走，因爲牠孩子的生命危在旦夕。牠跳了二十步；還沒時間喘息向在遠山中的主人嚎叫求助；沒跑出牠要傷害的小郊狼十五碼，牠們就把牠撕成了碎片。

提托叼起被救下來的小傢伙，想走多慢就走多慢，牠們到了新家。在那裡，一家人又安全地團聚在一起，遠離獵狼人傑克及其同類製造的危險。

牠們在那裡平靜地生活，直到牠們的母親完成了對牠們的培訓，每一隻都被

賦予祖先在平原上生活積累的先天智慧，充分了解牧場上的人對牠們發動的戰爭，他們的後天智慧超凡；不僅牠們，牠們孩子的孩子也會如此。

北美水牛群消失了；牠們向獵人手裡的來福槍屈服了。大群的羚羊也幾乎消失殆盡；牠們難以承受獵狗和子彈。幼年的鮭魚群數量在斧子和籬笆開始使用前就在減少。巴特蘭地區古老的居民在新的環境下像雪一樣地消失，但郊狼卻再也不害怕絕種的危險。在平坦的小丘上，仍然能夠聽到早上和夜晚的歌聲，就如多年前當平原上到處奔跑著獵物時那樣。

牠們已經學會捕狼鉗和毒藥致命的秘密，牠們知道怎樣迷惑槍手和獵狗，牠們已經把智慧提高到和捕捉牠們的獵手一樣的程度了。不管人能做出什麼滅絕牠們的壞事，牠們都已經學會如何對應，並在人造物創造的土地上生存下來，這都是提托教給牠們的。

爲什麼山雀每年都會瘋狂一次

很久以前，北方沒有冬天。山雀和牠的親戚們愉快地生活在森林中，除了在日常生活的灌木叢中找樂子之外，牠們不必擔心任何問題。但是，後來，凱里媽媽向所有成員發出警告，說霜凍和大雪即將來到牠們所在的地區，饑荒也將接踵而至，所以牠們必須到南方去。

五子雀和山雀的其他表親認眞對待這個警告，開始著手研究怎樣離開，以及何時離開。但是，大山雀卻領著牠的兄弟們笑著繞在一個樹枝上打轉，像是在盪鞦韆。

「到南方去？」牠說，「我才不呢！我已經對這裡太熟悉了，即使有霜凍和大雪，我也覺得沒什麼危險，我才不相信牠們說的呢。」

但是，五子雀和戴菊鳥如此忙碌，以至於最後山雀們也騷動起來。牠們停止了玩耍，詢問朋友們。山雀們並沒有對聽到的事感到興奮，因爲看起來其他鳥兒要做很多天的長途旅行，小戴菊鳥們決定要飛到遙遠的墨西哥灣。而且，爲了躲避天敵老鷹，牠們必須晚上飛行。在這個季節，看起來暴風雪就要到來了，所以

山雀們說，想要在這時候離開簡直是一派胡言，隨後就離開了，繼續在灌木叢中歌唱，彼此追逐著。

但是，山雀的表親們卻是認眞的。牠們忙碌地準備，事先搞清楚相關路途的一切事項。這條寬闊的大河向南流去，當月亮高高升起的時候，鵝的叫聲就是大家的嚮導。在黑夜裡飛行的時候，牠們唱著歌，這樣就不會分散。

隨著準備工作不斷深入，山雀們歡鬧的聲音也更加嘈雜，這些聲音像是在嘲笑牠們的親戚。親戚們正在沿河的灌木叢中集結，最後，當月亮升起的時候，這些表親們一齊飛起來，消失在夜幕中。山雀們說，這些表親們都瘋了，製造了這麼多關於墨西哥灣的笑話。然後，牠們又穿越灌木林開始玩遊戲，但此時牠們的遊戲看起來卻像是在逃跑。這時，天氣開始逐漸變得異乎尋常的冷。

最後，暴風雪眞的來了。山雀們陷入了一種糟糕的情況。牠們被嚇得失去理智，四處亂竄，徒然盼望有人能夠指點出到南方的正確道路。牠們在灌木叢上空瘋狂地飛，直到眞的發瘋。我想，鄰近地區沒有任何松鼠洞穴或者中空圓木沒有

受到山雀的拜訪，詢問這裡是否是墨西哥灣。但是沒有人能告訴牠們，沒有人要去往那個方向，那條大河也已被埋在冰雪之下了。

就在這時，凱里媽媽的信使從這裡經過，牠要給遙遠北方的馴鹿帶去一條消息。但是，牠告訴山雀們自己不能爲牠們帶路，因爲既沒得到凱里媽媽的指示，還要走另外一條路。牠告訴山雀們，當初牠們得到的消息和被牠們稱爲「瘋子」的表親得到的一模一樣。根據牠對凱里媽媽的了解推斷，牠們將不得不在這裡和大雪戰鬥到底了；不僅現在，而且包括以後所有的冬天。所以，請牠們還是好自爲之。

對山雀們而言，這是一條令牠們感到沮喪的消息。雖然牠們都是勇敢的小生靈，但也無計可施，只能盡力而爲。不到一個星期，牠們就恢復了往日良好的精神狀態，又開始像以前那樣在樹枝間跳躍或相互追逐。牠們堅信冬天終將過去。牠們如此堅信這個信念，甚至一開始有暴風雪來臨時，牠們就快樂地相互談論著這是「春天的徵兆」。樂隊的成員們提高聲音唱著甜美的聖歌，就像我們知道的

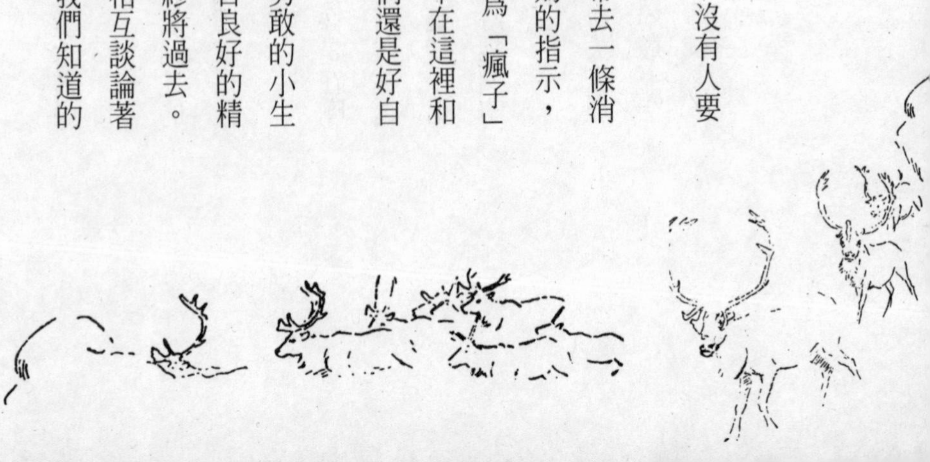

那樣。

牠們重複著歌聲，直到整個灌木叢也因爲好消息而一齊歌唱。人們開始喜歡這些勇敢的鳥兒，牠們能夠如此直接面對艱苦的環境。

但是直到今天，當寒風呼嘯過荒蕪的森林時，總有一段日子，山雀們看起來像是喪失了理智，牠們會衝進古怪或者危險的地方。隨後，人們可能會在大城市中、空曠的草原上、地下室、煙囪或者中空的圓木中發現牠們！下一次，說不定你就會在某個這樣的地方發現一個山雀流浪者。可以肯定的是，山雀每年都會發一次瘋，可能是在探究如何找到墨西哥灣吧！

——一八九三年九月 出版於美國嚴禁虐待動物協會《我的動物朋友》機關報

自然公園 66

動物記 3—獵物的生活

作者 歐尼斯特・湯普森・塞頓
翻譯 李 雪 泓
總編輯 林 美 蘭
文字編輯 楊 嘉 殷
美術編輯 李 靜 姿

發行人 陳 銘 民
發行所 晨星出版有限公司
台中市407工業區30路1號
TEL:(04)23595820 FAX:(04)23597123
E-mail:service@morningstar.com.tw
http://www.morningstar.com.tw
行政院新聞局局版台業字第2500號
法律顧問 甘 龍 強 律師
製作 知文企業（股）公司 TEL:(04)23581803
初版 西元2004年11月30日

總經銷 知己圖書股份有限公司
郵政劃撥：15060393
〈台北公司〉台北市106羅斯福路二段79號4F之9
TEL:(02)23672044 FAX:(02)23635741
〈台中公司〉台中市407工業區30路1號
TEL:(04)23595819 FAX:(04)23597123

定價 250 元
（缺頁或破損的書，請寄回更換）
ISBN 957-455-739-1
Published by Morning Star Publishing Inc.
Printed in Taiwan

國家圖書館出版品預行編目資料

動物記3－獵物的生活（Lives of The Hunted）
／歐尼斯特・湯普森・塞頓（Ernest
Thompson Seton）著／李雪泓 譯；
－－初版.－－臺中市：晨星，2004〔民93〕
面；　　公分.－－（自然公園；66）

ISBN 957-455-739-1(平裝)

874.59　　　　93015812

◆讀者回函卡◆

讀者資料：

姓名：________________ 性別：☐ 男 ☐ 女

生日：　／　／　　身分證字號：________________

地址：☐☐☐________________________________

聯絡電話：　　（公司）　　（家中）

E-mail ________________________________

職業：☐ 學生 ☐ 教師 ☐ 內勤職員 ☐ 家庭主婦
☐ SOHO族 ☐ 企業主管 ☐ 服務業 ☐ 製造業
☐ 醫藥護理 ☐ 軍警 ☐ 資訊業 ☐ 銷售業務
☐ 其他________________

購買書名：動物記 3 獵物的生活

您從哪裡得知本書： ☐ 書店 ☐ 報紙廣告 ☐ 雜誌廣告 ☐ 親友介紹
☐ 海報 ☐ 廣播 ☐ 其他：________________

您對本書評價：（請填代號 1. 非常滿意 2. 滿意 3. 尚可 4. 再改進）

封面設計________版面編排________內容________文／譯筆________

您的閱讀嗜好：

☐ 哲學 ☐ 心理學 ☐ 宗教 ☐ 自然生態 ☐ 流行趨勢 ☐ 醫療保健
☐ 財經企管 ☐ 史地 ☐ 傳記 ☐ 文學 ☐ 散文 ☐ 原住民
☐ 小說 ☐ 親子叢書 ☐ 休閒旅遊 ☐ 其他________________

信用卡訂購單（要購書的讀者請填以下資料）

書　　名	數　量	金　額	書　　名	數　量	金　額

☐VISA ☐JCB ☐萬事達卡 ☐運通卡 ☐聯合信用卡

- 卡號：________________ •信用卡有效期限：______年______月
- 訂購總金額：__________元 •身分證字號：________________
- 持卡人簽名：________________（與信用卡簽名同）
- 訂購日期：______年______月______日

填妥本單請直接郵寄回本社或傳真(04)23597123